W0326524

Nativel
Preciado

Amigos íntimos

TIEMPO DE ENCUENTRO

Nativel Preciado

Amigos íntimos

temas'de hoy.

Primera edición	mayo de 1998
Segunda edición	mayo de 1998
Tercera edición	junio de 1998

Colección	Tiempo de Encuentro
©	Natividad González Preciado, 1998
©	Ediciones Temas de Hoy, S. A. (T. H.), 1998 Pº de la Castellana, 28 28046 Madrid
Diseño de colección	Rudesindo de la Fuente
Ilustración de cubierta	Fuencisla del Amo
Fotografía de la autora	Nines Mínguez
ISBN	84-7880-911-2
Depósito legal	M. 20.211-1998
Compuesto en	Fernández Ciudad, S. L.
Impreso en	Lavel, S. A.

Para Alejandro, Sara y Pablo.

La mayoría de los personajes, situaciones y diálogos de esta obra son imaginarios, aunque su parecido con la realidad sea inevitable. Sólo en algún caso los protagonistas llevan su verdadero nombre, pero aun así las historias están llenas de «mentiras vitales», que suponen una libre interpretación de lo vivido.

Sentiría perder algún amigo por culpa de este libro, porque mi único propósito al escribirlo ha sido el recuperarlos. De todos modos, los más perdidos son los que ya no están: los muertos.

Introducción. A mis amigos

La amistad es un contrato tácito que realizan dos personas sensibles y virtuosas: digo sensibles, porque un fraile, un solitario, puede no ser malo y vivir sin conocer la amistad; digo virtuosas, porque los perversos sólo tienen cómplices, los voluptuosos compañeros de disolución, los comerciantes asociados, los políticos partidarios, la generalidad de los hombres ociosos, relaciones superficiales, los príncipes cortesanos; sólo los hombres virtuosos tienen amigos.

Voltaire, *Diccionario filosófico.*

Tanto empeño en alcanzar relaciones sublimes nos puede dejar irremediablemente solos, perdidos y melancólicos. Los que se sienten fuertes eligen la soledad porque es más creativa y permite aprovechar mejor el tiempo, pero los débiles, que somos muchos, nos quedamos indefensos sin la compañía de los otros, aunque sean tan débiles como nosotros mismos. Nadie es capaz de vivir sin amigos y, menos aún, de aceptar que no los tiene. Ricos, triunfadores, marginados, pobres, miserables, bandidos, forajidos, malhechores, delincuentes... ninguno se resigna a carecer de amigos y los busca en el infierno si es preciso. Hasta el ser más infeliz y desdichado se vanagloria de tenerlos, como si la amistad fuera la última redención posible.

Algo va mal, sin embargo, cuando existe tanta gente solitaria. ¿Dónde están los amigos sensibles y virtuosos de Voltaire? Para lograr esa clase de compañía primero es necesario encontrarla, pero después hay que conservarla, que es lo más difícil, y eso únicamente se logra haciendo constante uso de la amistad. Con un verdadero amigo te comprometes a compartir tu tiempo, tus confidencias, tu intimidad y las pertenencias que tengas, aunque esto último quizá sea menos esencial. Puede pasar por alto la falta de ayuda material, pero nunca perdona que le escatimes el tiempo y la confianza.

Lo más valioso que tenemos es nuestra intimidad y no hay mejor prueba para un amigo que permitirle participar de ella. No se trata de entrar a saco en los grandes secretos de la vida del otro. La intimidad no tiene por qué ser trascendente y profunda; más bien está hecha de sutilezas, de alegrías tontas, de confesiones tristes, de mentiras frágiles, de vergüenzas triviales, de inseguridades y prejuicios inconfesables. Aprender a compartir ese entramado de imprecisiones lleva tiempo, confianza en el otro y un exceso de atenciones. La intimidad es un sentimiento intocable, visceral y profundo, es la verdad secreta que se esconde en el interior de uno mismo, algo que ocultamos muy dentro y en raras ocasiones compartimos con la persona elegida, y ha de ser después de comprobar que el amigo entiende, aun sin razones, lo que nos pasa. Pienso que resulta más difícil compartir la intimidad que el amor.

En la confidencia de una intimidad hay diversos grados y modos; los mismos que determinan la categoría de la relación amistosa. No se debe confundir jamás con el chismorreo ni con esa impúdica desnudez moral en la que caen, sobre todo, cierta clase de amigas.

Cuando los detalles de la intimidad rozaban lo escabroso, hice confidencias a través del silencio, que es la forma más sublime de comunicarse con el otro. Ahí me quedé sola muchas veces. Al cabo de los años he comprobado que gran parte de mis reservas han sido mal entendidas. Es probable que mis amigos se lamenten de tan escasa comunicación y, sobre todo, del exceso de pudor con el que comparto mi intimidad. Por eso me quedé sin ellos, y por eso escribo este libro repleto de aparentes intimidades.

Con la esperanza de recuperarlos, escribo en tono confesional, pero también por no sentirme capaz de aportar más a un ensayo sobre la amistad que mis propias experiencias. Los más grandes filósofos, moralistas, científicos, poetas, dramaturgos, novelistas y cineastas han hecho obras de arte sobre la amistad. Nada puedo añadir a sus grandes hallazgos más que mi intimidad, hecha de matices que nos diferencian de los demás. Hablar al otro es una necesidad de nuestra naturaleza, dice Thomas Mann en *La montaña mágica*, y si hago uso de las citas literarias al inicio de cada capítulo es porque los libros donde aparecen han ido corrigiendo el rumbo de mi vida aunque sea levemente. Todos miramos paisajes, leemos frases y vemos películas que nos cambian la mirada y, en cierto modo, nos ayudan a superar las dificultades. Pero la realidad está en los otros.

Una de las mayores torpezas es la fragilidad de nuestras relaciones. Parece irremediable que los niños se sientan abandonados por sus padres, las parejas se descuiden, los ancianos se vean desamparados y los más viejos se mueran de ataques de soledad. Tendremos que cuidar mejor a los amigos.

Deseo que este libro tenga alguna utilidad. Que sirva, al menos, de advertencia. Quedarse sin amigos, como estuvo a punto de sucederme, es un desastre. Hace años le comenté a un amigo psiquiatra:

—Estoy haciendo serios esfuerzos por alcanzar dos objetivos: prescindir de la vida social y que no me importe lo más mínimo la opinión de los demás.

—Ten cuidado —me alertó—, si sigues por ese camino vas a terminar autista. Y ésos lo pasan mal.

Espero llegar a tiempo de remediarlo.

Vera, abril 1998

La amiga muerta

A diferencia de nosotros, los muertos no cambian ni envejecen, tan sólo se van desdibujando sin que nos demos cuenta, y esa inconsciencia con la que los vamos olvidando es el agravio más cruel, la impiedad más profunda que les infligimos.

Antonio Muñoz Molina, *Ardor guerrero.*

Estaría prácticamente sola si no fuera por la escasa familia que me queda, un amigo que me acompaña desde la juventud y alguno más que conservo con gran dificultad. A estos últimos los tengo muy descontentos. Algunos los he perdido ya definitivamente y mucho me temo que a partir de este preciso instante pierda al resto, de forma que al finalizar el recorrido de estas páginas me quede sola para siempre. Pero la culpa de haberlos perdido será mía, excepto en los casos que se fueron, como Soledad, cuya amistad he ido sublimando a medida que pasa el tiempo y cuya muerte, pronto hará siete años, marcó una etapa de mi vida.

Vengo de su casa, quiero decir de la casa en la que pasó los últimos años y donde ahora viven sus hijos y su marido con una nueva, joven y encantadora mujer. Es la primera vez que los viejos amigos nos reunimos en casa de Soledad, después de su muerte, aunque no es del todo exacto porque pasamos allí unas horas después de enterrarla. El caso es que ya nada aparece en el lugar que ella lo dejó. Ni siquiera las paredes, los tabiques, las puertas o las hojas de las ventanas se encuentran en el mismo sitio. Todo es diferente. No debería haber venido. La cabecera de la gran cama de Soledad, que siempre me dio tanta envidia, estaba orientada a poniente y tenía delante un cuadro de enormes dimensiones con una explosión de flores. Ahora está al norte —al parecer, se duerme mejor con esa orientación— y el cuadro de las flores ha ido a parar a la cocina. La habitación se llenaba de luz en las horas centrales del día y durante los últimos meses, de septiembre a diciembre, yo la visitaba todas las tardes. Sentada al lado de la cama, junto al teléfono, la entretenía con historias insignificantes. No eran mentiras, simplemente hinchaba la realidad para entrar en detalles que en otras circunstancias nos hubiéramos ocultado por pudor. Repaso casi todo con una precisión que a veces me resulta insoportable, pero recuerdo mejor que ningún otro momento el 24 de diciembre.

Todas las muertes son parecidas y no sé por qué me empeño en contar la de Soledad. En realidad, sí lo sé: con ella cierro el capítulo de la muerte de los amigos más queridos y hago aquí la catarsis que iba necesitando desde hace veinticuatro años. No he podido hablar jamás de la muerte de mi madre, producida por un cáncer prácticamente igual que el de Soledad, o al menos a mí me lo parece. La única diferencia es que el de mi madre fue fulminante, apenas duró un mes, y el de mi amiga se cebó en ella durante varios años. Ante el proceso de una muerte, sin embargo, se piensa lo mismo y apenas varía la intensidad del sufrimiento. Se representa continuamente una comedia, llena de mentiras, de optimismo fingido y absurdas naturalidades frente al hecho más violento de la existencia. Se fuerzan las bromas ante el horror que se oculta bajo las sábanas, tubos que salen por ambos extremos del aparato digestivo, bolsas de plástico que recogen líquidos inmundos, jeringuillas y calmantes (*sosegón, equanil, nolotil...*) de nombres inequívocos.

No oculto que la pérdida de mi madre fue la más horrible de todas las pérdidas, de todas las muertes y de todos los desastres que he vivido en estos cuarenta y cinco años. Hago tantas referencias al tiempo porque en estos meses de otoño se concentran los agujeros negros de mi vida: agonías, lesiones, aniversarios, fusilamientos, enfermedades y, tal día como hoy, el 1 de noviembre, el día de todos los santos, fecha decisiva.

Aquella Nochebuena de 1990 fui a visitar a Soledad poco antes de la cena y le llevé el regalo que más le podía gustar en aquellos momentos: unos sofisticados guantes de cuero beige, bordeados de piel de visón marrón tostado. Se los probó, y aunque le quedaban grandes en sus manos huesudas, me preguntó mirándome con unos ojos que brillaron un instante:

—¿Cuándo los podré estrenar?

—Pronto, Soledad —le respondí tensando los músculos para contener las lágrimas—, te los debes poner muy pronto. Tienes que usarlos este invierno.

—Me gustan mucho. Son preciosos. Gracias. Dame un beso.

Había sido hasta hace muy poco una mujer guapa y elegante, pero en aquellos momentos era una moribunda y al besarla se me humedecieron los ojos. No lo notó, porque apenas podía verme.

Llegó a saber todos los detalles sobre la evolución de su cáncer terminal, pero las últimas semanas lo había olvidado y se entregó a una esperanza imposible, convencida de su recuperación gracias a nuestros continuos engaños. Los médicos sólo dieron un consejo: «Hagan lo que puedan o mejor lo que ella quiera.» Pedía que le compraran zapatos nuevos para estrenarlos cuando volviera a salir a la calle. Del mismo modo que pedía nuestras mentiras. Le contábamos casos de amigos comunes que habían superado el cáncer de colon. Todas las tardes le tranquilizaba escuchar una mentira.

—La madre de Luisa, ¿recuerdas?, vivió veinte años más con un ano artificial y su hija cuenta que le fue fácil acostumbrarse.

—Pero ya no podré ir a la playa.

—¿Por qué no? No podrás ponerte biquini, pero sí traje de baño completo.

—En ese caso me daría igual, porque después de varios partos, y a nuestra edad, tenemos la tripa fláccida. ¿Tú crees que el próximo verano estaremos todos en Vera?

—Estoy segura, Soledad.

Murió seis días más tarde, y desde la gélida mañana del entierro los amigos nunca nos hemos vuelto a mirar del mismo modo. Me refiero a la incertidumbre que nos entró a todos a partir de la tragedia. Los hábitos de la amistad, las cenas de los viernes, las comidas en Monteclaro los domingos, los estrenos de cine, el intercambio constante de conversaciones telefónicas, dejaron de ser una costumbre cotidiana.

¿Qué hacer con los amigos enfermos?

Pasado el tiempo he sabido que hay una «patología de la amistad» en su sentido más preciso. En este caso no fue, como me sucedió en muchos otros, que la relación se volviera patológica, sino que una de mis mejores amigas cayó enferma y la unión entre ambas quedó rota por fuerza mayor. Cuando sabes que un amigo padece una enfermedad incurable o corre riesgo previsible de desaparecer, resulta mucho más fácil la entrega. Al saber que va a durar un tiempo limitado, la relación se hace más intensa y el amigo sano es capaz de entregar lo mejor de sí mismo al que está en peligro de morir, de ausentarse para siempre. Cuando quieres a un amigo y tienes la certeza de que lo vas a perder, tu amor se concentra como un haz de luz sobre la esencia de la vida y no te permites una sola distracción; lo único importante es que sepa cuánto le quieres.

La amistad con el enfermo se llena de excesos por ambas partes, de ahí que resulte tan compensador para los dos. Siempre que sea posible hay que llenarle de mentiras, optimismo, alegría, vitalidad y, por encima de todo, compañía; echar horas a esa amistad que se extingue irremisiblemente. El amigo enfermo nunca te pedirá consuelo, verdades, tristezas; su única exigencia es que le des la vida que le falta y, mientras le acompañas, logres hacerle olvidar su enfermedad. A veces, su juego consiste en hacerte imposible esa tarea; tiende trampas para comprobar si te rindes, te somete a feroces interrogatorios en torno a su mala salud, trama, enreda, urde todo tipo de estrategias para saber si realmente le dices la verdad o le estás mintiendo. Muchos pican el cebo y quedan atrapados en la red; no son lo suficientemente buenos amigos y, menos aún, los que se rinden. Hay que mantenerse hasta el final, sobre todo cuando el final es tan definitivo y funesto como la muerte. Cuando la amistad acaba de modo tan dramático, el superviviente queda exhausto, pero sereno y complacido. Porque la muerte ajena nos deja abatidos cuando nos impide hacer algo por el ser querido que nunca volveremos a ver. No hay nada más descorazonador que perder a alguien muy querido sin haberle dedicado un gesto final. Esas muertes súbitas son deseables para el que se va y atroces para el que se queda. Algunos sabemos hasta qué punto esta afirmación es cierta. Lo digo por Pilar, que murió de un infarto tal como estaba previsto. Sin embargo, la enfermedad de Manuel (fue él, por cierto, quien me presentó a Pilar a finales de los años sesenta) resultó de lo más inesperada, aunque tuvimos dos años para hacernos a la idea de que se iba a morir.

Reencuentro con la adolescencia

El mundo está lleno de cambios y transformaciones y donde hay mucha desgracia habrá mucha dicha, pues sólo hace falta abrir los ojos para verla.

Textos sagrados budistas.

Una noche templada de mayo de finales de los sesenta, nos reunimos Laura, Ángeles, María y yo con el fin de preparar el examen final de una asignatura que no recuerdo. En la terraza de un quinto piso, con las pupilas dilatadas, bajo los efectos alucinógenos de una Coca-Cola con centramina —costumbre que en aquellos tiempos creíamos inofensiva— nos proyectamos hacia un futuro lejano que todas hemos superado felizmente. Aquella noche no alcanzaba a ver más allá de 1973, año en el que se habían de cumplir tres de mis múltiples sueños: rodar una película o escribir un libro, conocer India, China, las pirámides de Egipto, al actor Yul Brynner y al director de cine John Huston.

—¿Y no te gustaría casarte y tener hijos? —me preguntó Laura.

—Todavía no —le respondí—. Antes, tengo que hacer un millón de cosas.

Del millón, apenas hice media docena después del 73. Tuve el placer de entrevistar a John Huston y a Yul Brynner. El primero sigue siendo el mejor, uno de mis elegidos. Fui al rodaje de una de sus películas, donde todo el mundo le contemplaba como a un dios. En aquel escenario sin duda lo era, yo misma me postré ante él, en vez de preguntas le hice reverencias y de ello dejé constancia. Ha sido la única ocasión en la que en lugar de una entrevista me salió una plegaria. Brynner no fue más que un mito infantil. Para convocar los espíritus de la infancia sólo tengo que encender el vídeo y pasar una parte de *Los bucaneros* o *El rey y yo*, personaje que absorbió el poco o mucho cerebro del pobre Brynner, pues en los rodajes actuaba como si fuera realmente el rey de Siam. Por lo demás, he viajado a India, China y conozco las pirámides de Egipto. He tenido hijos y he escrito un libro; me falta la película. Quizá sea necesario empezar de nuevo.

Mis amigos de aquellos años compartían mi pasión por el cine. Éramos de una fatuidad insoportable: sesión continua en las salas de barrio, defensas tercas, obstinadas e intolerantes acerca de quiénes eran los mejores, primeros encuentros amorosos en los cine-clubs, necedad sin límites frente al arte y ensayo, visitas a la vieja Escuela de Cine de la calle de Génova, que muy pronto dejó de existir para desgracia del cine español. En una de mis piras funerarias, esos arrebatos destructivos que tenemos los «escorpiones» de forma periódica, incineré una parte fundamental de mi memoria: las entradas de todos los cines a los que había asistido hasta los veintitantos años, sujetas a una ficha posterior con los datos completos de la película, donde, además, tomaba buena nota de con quién había ido, qué había sucedido ese día y mis impresiones sobre lo visto fuera y dentro de la pantalla. Quizá no hubieran servido de nada.

Existían cientos de motivos para querer a Laura, mi gran amiga de entonces; entre otros, tenía una familia numerosa de verdad: once hermanos, dos pisos unidos, abuelos, cientos de parientes, desorden controlado, un hogar cuartelario donde todo se multiplicaba por veinte —aficiones, compras, coches, turnos de comida, libros, música, formas de ser—. Laura era inteligente y fuerte, y le gustaban las mismas películas y los mismos profesores que a mí, motivo suficiente para compartir con ella mi existencia. Lo fundamental es que me forzaba a ser mejor, me defendía de mí misma, de una tendencia incorregible a la autodestrucción. Quería ser buena a cualquier precio, pero no lograba reprimir toda clase de transgresiones. Sentía una atracción enfermiza por el misterio, la marginalidad, lo recóndito, lo impenetrable; cuanto más me asomara al abismo, mejor. Entre mis extravagancias, la que más detestaba mi madre era mi amistad con una niña masoquista que se quemaba los brazos con un hierro candente, se emborrachaba con tintorro en los bares de los barrios marginales y «esnifaba» gasolina después de una dosis doble de *optalidón*. Siempre a la salida del colegio, pues aún estudiábamos bachillerato. Era el paradigma de la modernidad: la única que había leído *Lolita* de Nabokov y *On the road*, de Kerouac; recitaba en alto a Whitman y Baudelaire; un pariente le trajo de Buenos Aires la colección de poesía de Losada, y se sabía de memoria *Veinte poemas de amor y una canción desesperada* y *Los versos del capitán*. La lectura de los poetas nos trastornaba. Por supuesto, prefería a Camus antes que a Sartre. Se proclamaba *beatnik* y libertaria, buscaba experiencias en las filosofías orientales, la música de jazz, el amor libre y en unas drogas caseras desconocidas para todos nosotros; se ponía ridícula cuando inhalaba pegamento Imedio. Era la más precoz. La imitaba con desgana, como si no tuviera más remedio que superar la prueba. Nos perdimos de vista enseguida, y cada una siguió su camino sin volver a encontrarnos jamás.

Cuando estaba bajo la benéfica influencia de Laura quería estudiar medicina, como mi hermano, pero la ecología ambiental me trastornaba tanto que en cuestión de horas, sobre todo al salir de una buena sesión doble de cine, cambiaba radicalmente de proyecto vital: me hubiera gustado ser trapecista, como Pinito del Oro; cineasta, como Elia Kazan, y haber filmado *Viva Zapata*, *América América* o *El compromiso*; misionera seglar (entonces no existían las ONG) para vivir en África; escritora, como Zenobia Camprubí (me hubiera gustado traducir a Rabindranath Tagore), o periodista, como Oriana Falacci o Truman Capote y escribir *A sangre fría* o entrevistas con la historia. En realidad, todas mis ambiciones se resumían en una sola: ser autónoma, independiente, fuerte, capaz de salir adelante, no depender de nadie, tener recursos propios para superar mis miedos, mis inseguridades, mis incertidumbres. Me aterraba la violencia, la policía, el vacío, sentirme desamparada, los muertos, el rechazo de los amigos, el desprecio de mis profesores, no dar la talla, el fracaso, la ignorancia, hacer el ridículo, arruinar mi vida, luchar contra el destino. Con tal de no paralizarme, superaba esos miedos con acciones temerarias; y a fuerza de superarlos me convertía en la más valiente, la más audaz, la más intrépida, la más provocadora y, cuando lograba demostrar que era capaz de cualquier cosa, enseguida me arrepentía y me detestaba a mí misma por ser tan cretina como los otros. Entonces volvía a refugiarme en Laura con la esperanza de salir del abismo; de ser como ella, inteligente, fuerte y generosa; de hacerme una persona consistente, sólida, con entidad, y no la mujer espejo que fui durante tanto tiempo. A esa edad, hasta los veintitantos años, casi todo el mundo es inconsistente por naturaleza. Laura, sin embargo, tenía consistencia. Hace un par de años la he vuelto a ver: firme, inteligente y fuerte, como cuando éramos íntimas amigas. Lo fuimos hasta que llegó Martín J. y me obligó a salir precipitadamente de la adolescencia. A partir de él empecé a mirar a los hombres de otra manera, aunque, por encima de todo, me seguían interesando los amigos.

Con ellos hice el primer viaje a Londres: Soledad, Irene, Rita, Diego, María y muchos otros de los que ocupamos la casa de Coulson Street, donde nos sucedieron tantas cosas que sólo voy a enunciar como una letanía. Aquellos meses fueron los mejores de mi juventud, a pesar de algunos riesgos y mucha impostura. Tuvimos las peleas en Guy´s & Doll´s, los conciertos de Eric Burdon & The Animals, las maracas y el guacamole en El Mexicano, la peregrinación a la embajada China para atiborrarnos de *libros rojos* e insignias de Mao, los asaltos a las librerías, los comandos al supermercado, la cárcel, el juicio... iba siempre aferrada a una navaja, sobre todo cuando salíamos de noche a cenar con Diego en Fulham Street. Y aquí me detengo bruscamente ante Diego, de cuya pérdida me enteré por los periódicos, porque la desidia, el destino o la mala vida hizo que nos viéramos cada vez menos, hasta que desapareció de una forma deplorable. Era un artista, un genio malogrado, al que conocí en el patio del colegio. Todas mis amigas estuvieron enamoradas de él. María, su mujer, de la que también estaban enamorados todos los adolescentes de mi generación, murió poco después, del mismo modo que él. En definitiva, como en el cuento, ya sólo me quedan dos, Irene y Rita, espero que por mucho tiempo.

Amigos adolescentes: del cielo al infierno

Salir de la infancia y entrar en la adolescencia es una de las experiencias más penosas si se hace de forma solitaria. A ese abismo es necesario asomarse en compañía, de lo contrario es difícil llegar a ninguna parte. Vamos avanzando de la mano, primero de la madre o del padre, después del grupo, del amigo o del amante... hasta que aprendemos a asumir la soledad. Los adolescentes se aferran al grupo de amigos como a un salvavidas. Juntos comparten la aventura de descubrir un mundo extraño y hostil. A partir de ese momento se inicia el aprendizaje más difícil: cómo ser una persona autónoma, independiente, emancipada y libre. Los adolescentes buscan con ansiedad alguien que les ayude a despegarse del paraíso familiar, que les proporcione la seguridad perdida, la confianza imprescindible y la diversión necesaria. Y así surgen por primera vez los verdaderos amigos; una experiencia breve, pero tan intensa que jamás se olvida, por más que pase el tiempo.

En este reencuentro con la adolescencia he intentado resumir varios aspectos de la etapa más frágil de la vida: la influencia decisiva que ejercen los sólidos afectos infantiles; la manera de aprender a sortear peligros inevitables; los riesgos ya superados; la sensación de que es posible llegar a todas partes y que el mundo se te ofrece para hacer lo que quieras con él. Es la edad de la esperanza donde apenas hay recuerdos. La ambición te hace soñar con ser astronauta, Capitán Trueno, premio Nobel, trapecista, estrella de Hollywood, Teresa de Calcuta... Pero tienes que romper todas las barreras, los límites, los horarios, las tutelas, las prohibiciones, las múltiples normas que impone un mundo confabulado contra ti y tus amigos.

Las relaciones amistosas de los adolescentes se establecen en torno a ciertos ritos primitivos, que con la llegada de la modernidad dejaron de existir formalmente. Para pertenecer a un nuevo grupo hay que someterse a una ceremonia iniciática. Hoy consiste en acatar diversas normas estéticas, relacionadas con la forma de vestir, de hablar, de bailar o de escuchar determinado tipo de música; los subgrupos y especialidades musicales marcan las fronteras más estrictas. Otra prueba de fuego consiste en asumir cierta agresividad. Hay que demostrar valor, provocar, desfogarse, plantarse frente a algo o alguien: bien se trate de padres, policías, bandas rivales o actitudes colectivas ajenas. Y el último requisito imprescindible es compartir aficiones en cuestión de deportes, bailes, erotismo, borracheras, drogas... de ahí que sean más frecuentes las amistades colectivas, para que no haya restricciones a la hora de compartirlo todo. El grupo siempre intenta boicotear los noviazgos precoces; hará lo posible por destruir los emparejamientos prematuros. Los amigos adolescentes están sometidos a numerosas pruebas iniciáticas y soportan demasiadas tensiones como para salir airosos. Los cambios constantes, la fluidez y la inestabilidad de las relaciones son sus rasgos más característicos. La mejor forma de superarlo es establecer lazos de unión más sólidos, casi clandestinos, con el amigo o amiga más admirado. Laura fue, en mi caso, la tabla de salvación que me evitó muchas calamidades.

La generación del 68

En realidad después de los cuarenta años
la verdadera cara la tenemos en la nuca,
mirando desesperadamente para atrás.

Julio Cortázar, *Rayuela*.

En el fondo de un viejo archivador conservo una gruesa carpeta con la siguiente fecha: Mayo del 68. Contiene cartas, señas, fotos, números de teléfono, recortes de prensa amarillentos y un cuaderno de Joseph Gibert —una vieja librería del bulevar Saint Michel— con anotaciones de la época. Tenía entonces diecinueve años, estudiaba Ciencias Políticas y escribía en el diario *Madrid*, por tanto mis recuerdos son una amalgama de encuentros clandestinos, proyectos inmaduros y libros a medio leer. Veo un puñado de citas que revelan el cliché cultural de aquellos tiempos: *La ciudad del sol* de Campanella, Rosa Luxemburgo, Trotski,

Albert Camus, Frantz Fanon, Ho Chi Minh, Gandhi, Che Guevara, Marcuse, Angela Davis, Elridge Cleaver, Bob Dylan, Neruda, César Vallejo, García Lorca, Miguel Hernández...

Me tocó vivir en medio del barullo ideológico de una nueva izquierda —mezcla arbitraria de elementos utópicos, socialistas, pacifistas y anarquistas— que carecía por completo de estrategia política. Así no se podía llegar muy lejos. Las homilías de la contracultura en favor de los desheredados de la tierra tenían pocas posibilidades de éxito siempre que los estudiantes siguieran sentados escuchando a Joan Baez, fumando marihuana y predicando la no violencia. En abril, sin embargo, cometieron la vileza de asesinar a Luther King. El líder negro iba por los guetos convenciendo a la gente de que un cóctel Molotov no resolvería sus problemas. Su muerte cargó de razón a los Panteras Negras y la nueva izquierda pasó a la acción.

España no era una democracia ni teníamos negros ni soldados en Vietnam, por tanto los periódicos nos informaban detalladamente de los problemas ajenos. Recuerdo que aquel año apenas asistí a un par de clases en la facultad, que parecía estar allí solamente para ocuparla o para incendiar banderas. De modo que la cerraron. Mis mejores amigos ya estaban en el exilio. Guardo una carta en la que me hablan, entre otras muchas cosas, de los disturbios en la Universidad de Nanterre. Tiene fecha del 29 de abril. El mismo que la escribió estuvo encerrado en la Sorbona tres días después. Contra todo pronóstico, la mecha prendió en el centro de París, pero jamás pensamos que a causa de unas cuantas barricadas el poder corriera el menor peligro. La televisión sólo informaba de algunas «algaradas en el barrio latino».

Creo recordar que un día alcancé a ver en la pantalla una imagen de la vieja librería del bulevar Saint Michel donde siempre compraba mis cuadernos. Se retiró en Francia el general De Gaulle y poco después, aquí en España, cerraron el diario *Madrid*. En el mes de junio, aprovechando el final de los exámenes y el cierre temporal del periódico donde trabajaba, volví a París y aún quedaban adoquines de recuerdo y los cristales rotos del edificio de Joseph Gibert. Pero yo no iba a hacer la revolución, sino a ver a mis amigos.

Mi viaje a París era para ver a Rita. Nunca me contó cómo había pasado la frontera. Estuvo escondida en Madrid durante los primeros meses del año y yo iba a visitarla a una casa clandestina en la calle de Antonio López. De repente, me pasaron una nota para advertirme que ya no estaría más por allí y, al poco tiempo, me escribió desde París pidiéndome que fuera a verla y le llevara unas cuantas cosas.

Rita me dejó una maleta llena de libros, y como pesaba demasiado intenté que la llevara un amigo, más bien un conocido de la infancia, un famoso pintor del grupo El Paso que se había exiliado «emocionalmente» en París, porque no había podido soportar el gris plomizo de la sociedad española de los cincuenta. «Me asfixiaba y por eso me fui», me dijo. Tenía con él una relación puramente vecinal, era el hijo del carnicero donde compraba mi madre todos los días y, como llevaba años triunfando en Francia, y por tanto en el mundo, se había convertido en un ídolo para las minorías del barrio. Todos los miembros de su familia tenían una elegancia genética, como si despiezar vacas y corderos fuera un oficio provisional. Lo suyo realmente guardaba mayor relación con el mundo del arte. La última vez que vino a Madrid me enseñó su coche: un deportivo amarillo, un Matra con matrícula de París que daba el cante en todo el barrio. Me llevó a probarlo y aproveché la ocasión para endosarle la maleta de Rita, así podría llevar en el tren muchas otras cosas. No ofreció la menor resistencia. «Apenas llevo equipaje, tengo sitio de sobra.»

Tenía todo preparado cuando fui a ver a la madre de Rita y recoger el resto del equipaje. Para entrar en la casa bastaba simplemente con empujar la puerta; se había suprimido la cerradura y todo el mundo entraba sin llamar.

—Pasa, hermosa —me dijo doña Julia—, se acaba de ir la policía.

—¡Ha venido la policía! —exclamé con espanto.

—Sí, andaban buscando alguna cosa de Rita. Yo no sé qué, pero han revuelto todo en su habitación.

—¿Qué se han llevado?

—Nada. Venían a detenerla. Uno me ha dicho: «Señora, su hija es trotskista; está contra Franco.» Yo le he contestado que eso no es nada, que a mí tampoco me gusta Franco porque soy monárquica de Alfonso XIII y que cada uno es de quien le da la gana. Y el tonto me ha dicho que cómo puedo ser de Alfonso XIII si ya se ha muerto. Me lo ha puesto fácil. «Trotski también está muerto.» «Pero, ése, señora, es comunista.» En fin, que he dado por terminada la conversación y les he pedido que me dejaran en paz, que aquí no tenían nada que buscar. Y se han ido.

Había que conocer a doña Julia para saber hasta qué punto era cierto que había echado a dos inspectores de la Brigada Político Social así, sin más, sin el menor temor, sin ningún miramiento ni la mínima cortesía.

Era una mujer grande, tranquila, de derechas, terrateniente de toda la vida, que imponía a todo el mundo, y en cualquier situación, su forma de hacer las cosas. Imagino a los policías mirando aquella casa destartalada, con los sillones desvencijados, sin puertas, las camas revueltas, los muebles desperdigados sin orden ni razón, todo con un aspecto desmantelado, como si aquella familia viviera en la ruina o, en el mejor de los casos, terminase de hacer la mudanza y aún no le hubiera dado tiempo a desembalar las cajas que llenaban el suelo. Tenía cariño a aquella mujer, no sólo porque era la madre de Rita, sino porque nos divertía escuchar sus cuentos. La mayoría de las madres, aunque fueran humildes, aspiraban a ser burguesas. Aquella mujer nos daba consejos sorprendentes para la época: «No te cases, hermosa —me decía delante de su marido—, nosotros nos casamos muy tarde y aún nos ha sobrado más de la mitad del tiempo, ¿verdad José?» «Sí, Julia», respondía el padre de Rita sin levantar la vista del *ABC*. Era una madre poco habitual, como todo lo que sucedía en aquella casa.

La maleta llena de libros estaba ya en el Matra amarillo de mi amigo el pintor, camino de París, a salvo de cualquier inspección policial. Sólo tenía que hacer mi equipaje, despedirme de mis padres y llegar a la estación del Norte.

En la estación de Austerlitz me estaba esperando mi amigo Balta con una zamarra verde, el pelo largo, negro y revuelto, y una barba deslucida que intentaba parecerse cada vez más a la de Ernesto Guevara. No le veía desde las reuniones en Chun Chao, nuestro punto de encuentro en Madrid. Trabajaba de portero nocturno en un hotel de la *rue* Vaugirard a cambio de una cochambrosa habitación que sólo usaba de día. Me quedé allí la primera noche. El hotel de Balta estaba a un paso del número 3 de la *rue* de Medicis, frente a los jardines de Luxemburgo, donde Rita había alquilado una buhardilla en la que se refugiaban todos los colegas que llegaban de la universidad, así que preferí instalar mi equipaje en el cuchitril de Balta cuya cama dejaba libre todas las noches.

Había mucha gente en París aquel verano y llevaba numerosas direcciones útiles de gente que había conocido a través del periódico. Fernando Arrabal, al que entrevisté meses antes en Madrid, y su mujer Luce —aún no tenían hijos— fueron especialmente hospitalarios conmigo. Me acogieron en su casa y me invitaron a todas sus fiestas, reuniones y estrenos, los mejores de la ciudad. Conocí a Ionesco y su mujer, Roland Topor, Jérôme Savary, Paco Rabanne, Delphine Seyring, María Casares y una serie de actores de renombre; me hice especialmente amiga de uno de ellos, que más tarde protagonizó junto a Nuria Espert *¡Viva la muerte!*, la primera película que dirigió Arrabal. Un día compartí un whisky con Yves Montand y Jean-Louis Trintignant. Fue más que suficiente.

Lo único que echo en falta es no haber conocido entonces a Julio Cortázar. Era mi ídolo, el de Balta y el de todos nosotros. Caminaba por las calles siguiendo itinerarios de *Rayuela* y, como siempre, subrayando párrafos: «Anduvieron y anduvieron por París mirando cosas, dejando que ocurriera lo que tenía que ocurrir, queriéndose y odiándose y todo esto al margen de las noticias de los diarios, de las obligaciones de familia y de cualquier forma de gravamen fiscal o moral.»

Exactamente así, con *Historias de cronopios y de*

famas bajo el brazo, llegamos Balta y yo al estudio de mi amigo el pintor para recoger la maleta llena de libros de Rita. Ya he dicho que él había aceptado el encargo con toda amabilidad, quizá por nuestras respectivas madres o porque no le costaba ningún esfuerzo. Pero al abrir la puerta del estudio puso un mal gesto y nos dejó entrar con disgusto.

—No he traído tu maletita —dijo con evidente destemplanza.

—¿Cómo que no la has traído? —le pregunté.

—Por suerte se me ocurrió abrirla antes de pasar la aduana y me encontré con todo un arsenal de libros marxistas, de panfletos subversivos, de momias intolerables. Nunca te imaginé capaz de hacerme semejante faena.

—Pero, ¿qué has hecho con la maleta?

—La dejé tirada en un descampado. Eso no se hace. Me podías haber hundido en la miseria. Tal y como están las cosas en París. Eres una irresponsable y has traicionado mi amistad.

Nos echó de su estudio con impaciencia. Balta se fue muy satisfecho porque, mientras yo soportaba la bronca, él estuvo echando un vistazo a su obra más reciente. Eran unos cuadros espléndidos. Para un vanguardista como mi amigo el pintor, ser «rojo» en París en aquellos tiempos formaba parte del material de derribo de la revolución. Ni siquiera los «lyceanos» de Mayo del 68, que le habían ensuciado el portal de su estudio con *graffitis* llenos de utopías infantiles, eran ya los rojos de antes. Prohibido prohibir. Leían a Marcuse. Le dejaron la calle llena de adoquines y toda aquella algarada le resultó demasiado incómoda en aquellos días como para encima tener que aguantar el encargo de la vecina, las serias consecuencias que podía haberle causado su amabilidad. Quedó claro que su espectacular Matra amarillo no era el vehículo más idóneo para trasladar clandestinamente *El profeta desarmado*.

Rita y yo nos conocimos dos años antes, en el primer curso de la facultad. Coincidimos en el mismo grupo de un seminario y me puse en el banco justo detrás del suyo cuando descubrí que estaba leyendo *La ciudad del sol* de Campanella. La amistad tiene grados, de uno mínimo, moderado, a uno máximo, que es la perfección. Mi pasión por Rita estuvo llena de excesos desde el primer momento. Ahora pienso que le debió de resultar incómoda tanta solicitud inicial, el cerco al que la sometí, la observación constante, sin tregua, sin tomarme un respiro. Mantuve esa actitud solícita durante muchos años no sólo con ella, sino con cualquiera que le fuera querido o cercano. Tal vez a los ojos de los demás, incluso a los de ella misma, resultaba una relación equívoca. Hubo algo de enamoramiento, quizá, pero nuestra amistad ha cambiado tanto que no lo recuerdo. En cualquier caso, lo de Rita fue un exceso, como tantas otras cosas en mi vida. Y los excesos nunca se perdonan. Dice mi amigo Raúl que, probablemente, Rita esté deseando que desaparezca para liquidar la deuda que tiene conmigo. Hay gente que le molesta estar siempre en deuda, peor aún si es intangible, porque las otras, las deudas materiales, se devuelven o se perdonan. Entre nosotras, sin embargo, no hubo ningún préstamo, sino una entrega incondicional por mi parte.

Rita volvió del exilio hace veinte años, pero no hace más de cuatro que la relación empezó a nublarse, coincidiendo con la desaparición de nuestro punto de encuentro. La librería donde trabajaba Rita estaba junto al hospital en el que transcurrieron todos mis duelos familiares —en un tiempo numerosos—, así que me consolaba hablando con ella durante las estancias hospitalarias de mi madre y mi padre (los dos murieron en ese hospital, no sé si maldito o bendito), de mi hijo, que fue operado al poco tiempo de nacer, y de mí misma, que también pasé por el quirófano. Dediqué muchos años, mientras hubo enfermedades familiares, a recorrer los pasadizos de aquel viejo hospital que atravesaban la calle de Pablo Iglesias para salir a la librería. Durante mi larga convalecencia, después de cada revisión semanal tomábamos café y repasábamos nuestras respectivas vidas, más la mía que la suya. Rita siempre fue reservada con sus sentimientos. Sin querer le fomentaba el ego haciéndole preguntas sobre toda clase de materias, como si fuera un gurú, una maga o el colmo de la sabiduría, y ella siempre tenía respuestas para todo. Me reía con sus disparates pseudocientíficos, pero en el fondo siempre había un gramo de razón. Parecía saberlo todo y ahora siento haber abusado de aquella actitud. Cuando ya no hubo más enfermedades, me impuse la costumbre de ir a visitarla todos los sábados por la mañana, echar un vistazo a las últimas novedades literarias y, de paso, prolongar algo más una amistad que se iba a pique. Se cerró la librería y ya no encontré disculpa para seguir hablando de nuestras nimiedades. Ella también dejó de telefonearme, y así de torpemente se extinguió una amistad de casi treinta años.

Antes de emitir cualquier juicio me hubiera gustado preguntarle por qué se acabó y, en caso de que haya acabado definitivamente, cuáles fueron los motivos. Me gustaría saber si quiere que me esfume para siempre, como dice Raúl, o se conforma con esta situación de vacuidad absoluta. De todos modos, nunca me animaré a preguntárselo, porque no obtendría ninguna respuesta. Se quedaría mirándome con los ojos azules, inmensos, perdidos, infinitos, diría algo así como «qué pesada eres, siempre te pones muy pesada con estas cosas»... y daría por terminada la conversación. Queda la amistad de nuestros hijos, que no es poco, un fulgor de aquellos días, cuando teníamos dieciocho años y leíamos *La ciudad del sol* de Campanella, que fue un destello de nuestras primeras utopías, y la esperanza de volver a conquistarla: la esperanza es más importante que el éxito.

¿Cómo se sabe si dos amigas están enamoradas?

Generalmente, los amantes terminan siendo amigos, pero los amores apasionados no tienen por qué confundirse con la amistad. Coinciden la mayoría de los autores (muy pocos afirman que el amor y la amistad se excluyen entre sí) en que en la amistad hay un arranque inicial de enamoramiento, en el sentido de deslumbramiento, y más aún si sucede en la adolescencia o la juventud más temprana.

No hay definiciones unitarias sobre el enamoramiento, el amor y la amistad, pero sí límites más o menos perfilados entre los dos extremos. Quizá lo que diferencia el enamoramiento de la amistad es la relación física, pero amigos y enamorados comparten lo que se conoce por amor. La teoría del amor que me parece más reveladora es la de José Antonio Marina. El amor, según el filósofo, no es un estado sino una actividad. Así resulta más fácil distinguir el enamoramiento de la plenitud amorosa.

Lo mismo que en el amor, hay amistades efímeras, constantes, apasionadas, tranquilas, egoístas y generosas. Lo importante es saber de cuál se trata, sin caer en la trampa del engaño. Confundir el sentimiento amistoso provoca serios trastornos emocionales, causa daños irreparables en el corazón, en la piel o en la cabeza y puede dejarnos alguna lesión psicosomática.

La mejor manera de establecer diferencias entre el enamoramiento y la amistad es responderse una misma a las siguientes preguntas: ¿Me gusta físicamente? ¿Deseo a mi amiga? ¿La echo de menos cuando no está? ¿Me produce dolor su ausencia? ¿No me la puedo quitar de la cabeza? ¿Siento deseos de posesión sobre ella? ¿Me molesta compartirla con el resto de las amigas?... Si la mayoría de las respuestas son afirmativas, ya sólo queda preguntarse: ¿Me gustaría tener relaciones sexuales con ella? Si todas las respuestas son afirmativas, no hay duda de que se trata de una mujer enamorada; de que hay algo más que una simple amistad. Dice también José Antonio Marina que amor no es tanto «lo que siento por otro sino lo que tengo ganas de hacer con él», y así se distingue la plenitud amorosa. Lo primero que tenemos ganas de hacer con alguien de quien estamos enamorados es el amor, dicho en el sentido redundante que emplean los franceses, y después de mantener una relación sexual, queremos dormir, hablar, jugar, comer, viajar, hacerle regalos, vivir juntos... reorganizar la propia existencia en torno a la felicidad del otro.

Pues bien, volviendo al caso de mi amiga Rita, con ella tenía ganas de hacer muchas cosas; no sé cuántas, pero hay una que no, mantener una relación sexual.

Nunca tuve esa clase de deseos ni sentí su ausencia y, sin embargo, disfrutaba de su presencia. Fue una amistad constante, apasionada y generosa, sin posibilidad de equívoco ni desviación, y si era así, ¿por qué se esfumó?

Quizá faltaba comprobar si su sentido de esta amistad fue así de consecuente o se dejó llevar por mi constancia, mi generosidad y mi pasión. Hay veces, como en el enamoramiento y en el amor, que uno se excede y pone todo el peso de su parte, mientras el otro se deja querer, se deja halagar o simplemente se deja mirar. ¿Se puede mantener una ficción durante tanto tiempo? Creo que debemos preguntarnos más a nosotros mismos y comunicar a los otros las emociones que pasan por la cabeza y el corazón.

La familia y la amistad
(Un viaje a Bruselas con Rita)

A los veinte años era poco más o menos lo que soy ahora, pero sin consistencia... Esa juventud tan alabada se me presenta la mayoría de las veces como una época mal desbastada de la existencia, un período opaco e informe, huyente y frágil.

Marguerite Yourcenar,
Memorias de Adriano.

Mi madre tenía los mismos años que yo tengo ahora cuando me contó que a mi abuelo le habían fusilado las tropas franquistas en el año 1936, después de pasar cinco meses encarcelado en San Marcos de León. Le mataron tras un juicio sumarísimo (sin juez ni defensa) el 21 de noviembre en una ejecución masiva que tuvo lugar en el macabro polígono de tiro de Puente Castro, donde se fusilaban periódicamente a cuantos militaban en los partidos o sindicatos de izquierda, habían ocupado algún cargo, defendían la legalidad de la República o simplemente simpatizaban con ella. Dicen que la provincia de León fue de las más castigadas por la represión franquista. Murieron más leoneses en la retaguardia que en los frentes de batalla. A mi abuelo le fusilaron junto a varios alcaldes, el gobernador civil, el presidente del Frente Popular, dirigentes políticos comunistas, socialistas y anarquistas, catedráticos, profesores, maestros, ferroviarios... Sólo salvaron su vida quienes lograron huir, como mi tío Víctor. Ignoro si a mi abuelo le dieron el «paseo al amanecer», a mitad de camino, o llegó al paredón tras el juicio sumarísimo. Aunque casi es lo mismo, nadie supo los detalles, y esa incertidumbre torturó a mi madre durante toda su vida.

Precisamente fui a Bruselas a ver al tío Víctor, el único testigo superviviente del drama. Necesitaba enterarme mejor de la historia familiar y pedí a Rita que me acompañara. Quise ir con Rita porque ella conoció a mi madre y en aquellos tiempos todavía hablábamos de estas cosas. Llegamos a Bruselas en un día lluvioso. Apenas reconocí la ciudad, había pasado un tiempo en 1969, el año que el hombre llegó a la luna y que Franco nombró sucesor, a título de rey, al príncipe Juan Carlos de Borbón. Lo recuerdo porque vi las imágenes en televisión con el tío Víctor, la tía Paula y un amigo ruso exiliado que vivía en la misma calle que ellos, la *rue* Alsace Lorraine. Después de aquel año imborrable he regresado en alguna ocasión no más de tres o cuatro días y mis recuerdos de Brujas, Bruselas y de cuanto vi el año que Franco nombró a Juan Carlos sucesor, probablemente, son irreales. El tío Víctor estaba muy viejo, pero muy lúcido y me contó exactamente lo que quería escuchar.

"Tu padre lo pasó muy mal porque era quizá demasiado bueno. Él procedía de una familia de terratenientes, falangistas, creo recordar, en todo caso antisocialistas, y no le fue fácil casarse con tu madre, tal como estaban las cosas recién terminada la guerra. Somos una familia de rojos diezmada por las muertes y el exilio. Supongo que tus ansias de ponderación y de encontrar siempre el equilibrio no son más que la mezcla genética de tus padres y el horror que tu madre tenía a cualquier exceso político."

A mi padre no le gustaba que sus hijos vivieran el sufrimiento soterrado en aquella casa. Mi madre lloraba de vez en cuando, sobre todo en los aniversarios: nacimiento de mi abuela, fusilamiento de mi abuelo, muerte de mi abuela, San Lucas, Santa Sara... Algo me había contado mi madre llorando un 18 de octubre, festividad de San Lucas, de hace treinta y cinco años. Otra fecha que ronda los días del fatalismo. Hace unas horas que ha muerto mi amiga Pilar.

No sé cuántos años hubiera cumplido mi abuelo. Era un ferroviario socialista que cometió el delito de tener un retrato de Pablo Iglesias presidiendo el comedor de su casa. Por eso le fusilaron. Unas monjitas le delataron. «Éste es "rojo", damos fe», debieron decirle al falangista más cercano. Parte de la familia se fue, cruzó los montes (probablemente por el mismo lugar que lo hizo Rita cuarenta años más tarde), llegó a Francia y tuvo que abandonarla cuando los nazis ocuparon París. Huyeron a Bruselas, que es donde les conocí el año que el hombre llegó a la luna y Franco nombró sucesor a Juan Carlos. Víctor era amigo de Curro López Real, uno de los primeros protectores de Felipe González, que fue durante mucho tiempo senador del PSOE. Ya por entonces, Curro me anunció los cambios que se iban a producir en el congreso de Suresnes y me contó lo mal que se llevaba con Llopis. Estaban en plena bronca.

Al cabo de muchos años he logrado superar el horror que me producía San Marcos, convertido en hostal de lujo, y pude dormir en una de sus habitaciones. Las múltiples veces que fui a León pasaba de largo, sin mirar hacia el pórtico, porque me recordaba las cosas que mi madre contaba de mi abuelo Lucas y me ponía a llorar. San Marcos se convirtió en uno de los campos de concentración más conocidos de la guerra y la posguerra. Allí encarcelaron a unos siete mil hombres y trescientas mujeres, y en una de sus dependencias, La Carbonera, se torturaba a los reclusos.

Hace un tiempo salió el nombre de mi abuelo en una conversación que tuve con Paz Felgueroso, cuando dirigía Instituciones Penitenciarias, y me prometió buscar su expediente, pero nunca llegó a dármelo y yo no se lo volví a pedir. Tal vez un día lo busque.

Escribo de un pasado muy lejano que en este instante se encuentra delante de mis ojos. Ahora estoy en casa de Lucas y Sara al lado de la estación de los ferrocarriles, cruzando el puente de San Marcos, en el comedor que preside Pablo Iglesias. Mientras oigo el silbato del tren mi abuelo viene del trabajo y besa a sus dos hijas. Cada vez que llega mi madre con el bajo del uniforme descosido por las monjas, mi abuela Sara se arma de paciencia y se lo vuelve a coser a la misma altura. Las monjas consideran que el largo de la falda tiene que tapar ampliamente las pantorrillas, pero a mi abuela no le da la gana que mi madre lleve la falda por los tobillos, así que con paciencia oriental lo cose cada día a la altura que considera adecuada y le da igual que las monjas vean las pantorrillas pecaminosas de su hija. Lo malo es que todas las mañanas mi madre sale con el uniforme cosido de casa y todas las tardes vuelve con el bajo descosido. Pero mi abuela Sara nunca deja de coserlo y tal vez ésta sea una de las razones por la que algunas de estas monjas «caritativas» pongan tanto interés en vengarse y delaten a mi abuelo.

Porque las cosas durante la guerra fueron así, como se han contado tantas veces en ambos bandos. Mucha gente resentida delataba por capricho, por resquemores o pequeños agravios, porque tenía celos de su novia, le olía el aliento, había ganado una partida de cartas o de dominó o cualquier clase de rencilla vecinal. Así fusilaron a un montón de inocentes, más aún que mi abuelo, porque ni siquiera tenían retratos comprometidos en el comedor de su casa. Mi hijo se llama Pablo, pero ya entonces, cuando le puse nombre, había dejado de ser mitómana, de manera que no es por Pablo Iglesias, cuya foto nos dio tantos disgustos. Mi hija, sin embargo, sí se llama Sara en memoria de su abuela.

El caso es que mi sentido de la amistad obligaba a pasar una prueba de fuego. Los amigos tenían que compartir mi admiración por mi madre, de modo que si alguien hacía la menor crítica, quedaba fuera de mi vida. Nunca soporté a un amigo que no sintiera admiración por mi madre y quiero más a los que llegaron a conocerla.

Como es natural odio a aquellas monjas que humillaron a mi madre y fueron responsables de su desgracia. Las odio como si acabaran de cometer la aberración de delatar al abuelo. Durante muchos años estuve convencida de que todas las monjas eran tan malas como aquéllas, que podían dormir profundamente aunque el ruido de los disparos de cada fusilamiento traspasara las tapias del convento. Mi abuela los escuchaba con la misma nitidez y nunca sabía si el último disparo había hecho blanco en el pecho de su marido. Tanto los escuchó que se volvió loca de dolor. Según el certificado de defunción, murió a causa de un tumor cerebral. Un día, por fin, acabó la incertidumbre, pero no le permitieron recoger el cadáver.

Mi hermano y yo nunca hablamos de estas cosas. Hace tiempo me pidió que le diera mi versión de los hechos, es decir, lo que pensaba de nuestra infancia compartida, del carácter de nuestros padres, del afecto hacia nosotros, de sus preferencias, de la envidia y de los celos. Se lo había pedido su psicoanalista con la que llevaba años en tratamiento, y precisamente por eso, por la cantidad de años, dinero y esfuerzo que le había dedicado, no quise facilitarle el trabajo. Por mucho que quieras a un hermano resulta complicado compartir con él tanta intimidad. Además, si no estuviera de acuerdo con mi recreación de la memoria, si pensara por ejemplo que mi madre no fue tan excepcional como yo pienso y le otorgara todo el mérito a mi padre, seguro que reñiría con él y no sé hasta dónde llegaría la pelea. A causa de su psicoanálisis, intuyo que ha ido cambiando de opinión respecto a sus sucesivas influencias, y unas veces le valora más a él y otras a ella, pero en ningún caso me interesa saber sus conclusiones, porque jamás podré compartirlas. Me niego a sacar consecuencias que no cambiarían ni un instante de mi pasado ni un ápice de mi carácter. Detesto el psicoanálisis, creo que no es bueno escarbar mucho dentro de una misma.

¿Es posible la amistad con los padres o los hermanos?

Mi amiga Fernanda dice que la familia está para resolver problemas materiales y, sin embargo, la intimidad sentimental o afectiva sólo se puede compartir con los amigos que no tengan ningún vínculo familiar. A un padre, una madre o un hermano le puedes pedir comida, que te lleve al hospital, que cuide de tus hijos, que te avale un crédito... Con un amigo compartes otro tipo de necesidades, consejos, emociones, tristezas, disgustos, alegrías... No sé si estoy muy de acuerdo, pero lo cierto es que la mayoría de los filósofos coinciden con su teoría y siempre han atribuido una superioridad ética a la amistad, muy por encima de los lazos de sangre. Marañón solía decir que la amistad es el primer grado de parentesco. Nunca te atreverías a hacer a un familiar las confidencias que le haces a un amigo o una amiga. Sólo en ese sentido, una verdadera relación amistosa es más vigorosa que la «fuerza de la sangre». Aunque el amigo no es el que nos cuida y nos alimenta, sino el que nos acompaña en un tramo de la vida más o menos prolongado.

Con los amigos no se producen las relaciones ambivalentes que existen entre padres, hermanos, primos o sobrinos. No creo necesario matizar de nuevo las diferencias que existen entre el amor, el cariño y la amistad. El amor de una madre y su capacidad de sacrificio por un hijo es muy superior al que puede existir entre dos magníficos amigos; la gran diferencia es que entre los amigos no existe el deber moral que obliga, en cierto modo, al comportamiento heroico de la madre. Lo mismo sucede con los hijos hacia la madre, tienen la necesidad de portarse bien y, a veces, ese deber se convierte en una carga pesada de llevar. Por eso muchos autores atribuyen mayor pureza a las relaciones amistosas que a las paternofiliales, porque estas últimas se ven deslucidas por la obligación, la falta de autonomía o de libertad, la dependencia e incluso el resentimiento.

Otro asunto es el referido a la pareja, dentro de la relación conyugal, cuando el amor consigue prolongarse en la amistad. Pero dichas relaciones tienen tantos matices que merecen capítulo aparte.

En el caso de las relaciones fraternales, tampoco es fácil que se establezca una auténtica amistad, aunque con el paso de los años es posible que haya una relación muy próxima a la que se comparte con el resto de los amigos. Son indispensables dos condiciones: que no exista la tentación «cainita» tan propia entre los hermanos, la rivalidad provocada por envidias infantiles, y que no se haya producido un alejamiento prolongado.

Hay quien sostiene, sin embargo, que son excelentes amigos de sus hijos e hijas o de sus hermanos y hermanas, sobre todo algunas madres cuya edad no está muy alejada de la de sus hijas. Ésa es la relación que dice mantener Isabel Allende con su madre, a la que escribe cada día, desde cualquier lugar donde se encuentre, y a la que comunica sus intimidades más profundas. Tal vez en semejantes circunstancias, después de compartir una larga vida plena de vicisitudes, de muertes que duelen con la misma intensidad, de éxitos y de fracasos, una madre puede llegar a ser la mejor amiga de su hija. Lamentablemente no tuve tiempo de experimentarlo con mi madre; ojalá me suceda con mis hijos.

El amigo eterno

La lucha contra la muerte es siempre una cosa hermosa, noble, digna y sublime... pero no deja de ser en todo caso una quijotada sin esperanza.

Hermann Hesse, *El lobo estepario.*

A pesar de que he destruido casi todos los recuerdos, precisamente para evitar excesivos baños de nostalgia y sobredosis de melancolía, de quien más fetiches conservo es de Manuel. En los diversos traslados se me han ido perdiendo un montón de cosas, a veces deliberadamente, pero las de Manuel siempre las llevo conmigo y siguen formando parte de mi paisaje familiar. Tengo un montón de chatarra guardada en los cajones: un caballo de cartón, dibujos de curas y militares, un muñeco de madera, un portarretratos con la que él llamaba «la foto de Dios», postales de señoras antiguas, recortables, fotografías, cartas y libros, muchos libros dedicados aunque no estaban escritos por él. El que más le gustaba era *El lobo estepario* de Hermann Hesse. La dedicatoria es de enero de 1967 y dice algo en torno a sí mismo, que termina así: «Más que un lobo soy un cerdo estepario.» «Los animales son tristes —había subrayado—. Y cuando un hombre está muy triste se parece siempre un poco al animal; entonces tiene un aspecto de tristeza, pero es más justo y más hermoso que nunca.» Está lleno de anotaciones marginales y de algunos comentarios, unos sombríos y otros chistosos.

“Nunca había tenido hombre alguno una necesidad más profunda y apasionada de independencia. Alcanzó su objetivo, nadie tenía nada que ordenarle, a nadie tenía que ajustar sus actos, sólo y libremente determinaba él a su antojo lo que había de hacer, lo que había de dejar de hacer... Pero en medio de la libertad lograda, se dio bien pronto cuenta Harry de que esa independencia era una muerte, que estaba solo, que el mundo lo abandonaba de un modo siniestro, que los hombres no le importaban nada; es más, que él mismo a sí tampoco, que lentamente iba ahogándose en una atmósfera cada vez más tenue de falta de trato y de aislamiento. Porque ya resultaba que la soledad y la independencia no eran su afán y su objetivo, eran su destino y su condenación. Que su mágico deseo se había cumplido y ya no era posible retirarlo (...). Ahora lo dejaban solo. Y no es que fuera odioso y detestado y antipático a los demás. Al contrario, tenía muchos amigos, Muchos lo querían bien. Pero siempre era únicamente simpatía y amabilidad lo que encontraba; lo invitaban, le hacían regalos, le escribían bonitas cartas, pero nadie se le aproximaba espiritualmente, por ninguna parte surgía compenetración con nadie y nadie estaba dispuesto ni era capaz de compartir su vida."

Nada más lejos de su propia realidad, aunque en los últimos años de su vida se sintió «completamente solo entre los otros». Siempre se identificaba con el Harry de *El lobo estepario*. Hablábamos por teléfono con frecuencia.

—Lo paso mal —me dijo un día—, a pesar de estar siempre haciendo chistes sufro mucho porque soy incapaz de hacer feliz a la gente y eso me pone fatal. No hice feliz a mi padre, ni a mis hijos, ni a la madre de mis hijos, ni a las otras mujeres. Nadie me aguanta. Por eso estoy en esta casa tan grande, completamente solo, que parece una catedral vacía, llena de basuras que he ido acumulando a lo largo de la vida. Esta casa está llena de juguetes inútiles a los que ya no tengo ganas de darles cuerda.

Habíamos estado muchos años sin vernos, pero sabíamos lo suficiente de nuestras respectivas vidas como para contar siempre el uno con el otro en caso de que fuera necesario. Un día me llamó llorando para decirme que había muerto su padre.

—China, no he hecho nada importante en la vida. No estuve a su lado cuando murió. Cuando me avisaron, salí hacia su casa y no me dio tiempo a verle, se lo llevaban en un coche y no pude pararlo. Salí corriendo detrás de él. No tuve tiempo de despedirme. Mi padre me pidió que hiciera una película de verdad. Y yo le prometí hacer algo bueno antes de morirme. Me da miedo, creo que no voy a poder hacerlo.

—Manuel, estás loco, tienes mucho tiempo por delante.

—No creas, ya soy un viejo. He tenido una pesadilla.

No sé si estaba soñando, pero se me apareció mi padre y, de repente, me he puesto a escribir la mejor historia, la más impúdica de mi vida.

Por aquellos días encontró a la actriz perfecta para hacer la película y se animó bastante. Se puso a trabajar con ella en el guión, con mucho miedo, porque no se atrevía a llegar demasiado lejos para no herir a la gente más cercana. Celebramos juntos su 55 cumpleaños en un restaurante italiano y recuerdo que aquella noche ya no tuvo ganas de comer, porque se encontraba mal del estómago desde las últimas Navidades que pasó en Nueva York. Un día que habíamos quedado en ver una exposición enfrente de *El coleccionista* estuve esperándole alrededor de una hora, hasta que me llamó por teléfono para decirme que se encontraba muy mal y su hijo le había llevado al médico. Se quedó en el hospital aquella misma noche, le diagnosticaron un cáncer de colon y dos años después de sufrir como un auténtico lobo estepario murió en Sevilla, junto a su primera mujer, que le ayudó a pasar tranquilo los últimos meses de su vida, y tres de sus hijos, porque la cuarta estaba con su madre en Madrid. Llamé al día siguiente y la Tata me dijo que no había sufrido nada. «Se murió cuando estaba dormido.»

Fui a visitarle muchas veces durante la enfermedad que soportó malamente durante dos años, pero no cumplí mi última promesa: ir a verle a Sevilla. Supongo que tuvo amigos que le quisieron más, pero yo le quise mucho. Lo primero que hice al enterarme de su muerte fue llorar, y después recordar el día que nos conocimos en el café Teide, que ya tampoco existe. Yo era una adolescente que empezaba a escribir en los periódicos y él un señor muy listo que ya había hecho tres buenas películas. Aún le sigo queriendo. Cuando yo tenía dieciocho años me enseñó a disfrutar del flamenco, de algunas extrañas veladas de boxeo (por su culpa escribí las biografías de dos campeones del mundo: Paulino Uzcudun y Cassius Clay), del Museo del Prado y de la Tate Gallery, de las películas de Charlot, John Huston y Elia Kazan, de las exposiciones de Picasso y, sobre todo, me enseñó a no hacer trampas y a valorar la amistad por encima de todas las cosas. Siempre estaba ahí, por si lo necesitaba, pero nuestra amistad duró solamente veintiséis años. Un poco menos que la de Pilar, que logró sobrevivirle cuatro años más.

¿Un amigo puede durar toda la vida?

Uno de los amigos que perdí respondía siempre a mi pregunta: ¿la amistad puede durar toda la vida? «Depende de lo larga que sea.» Es cierto que muy pocos amigos duran toda la vida. Nadie se ha privado de presumir de «los amigos de toda la vida», pero esa expresión engloba múltiples tipos de relaciones.

Voy a detenerme en la de Manuel. ¿Por qué mantuvimos la amistad durante toda la vida? Por encima de cualquier razón, cuando le conocí yo era una adolescente llena de admiración hacia su experiencia, sus inquietudes y sus conocimientos. Esa admiración, en cierto modo, se fue manteniendo a lo largo de nuestros múltiples encuentros. Me gustaba escucharle cómo contaba las historias, los proyectos de rodaje, sus amores turbulentos, las relaciones con sus hijos... Pienso que mi atención era lo que más le atraía de mí. No me costaba el menor esfuerzo escucharle y por eso me llamaba siempre que tenía necesidad de contar algo decisivo. Nuestros encuentros fortuitos en actos sociales, estrenos de cine, presentaciones de libros o exposiciones resultaban un tanto escandalosos porque manifestábamos nuestra alegría con estrépito, y es que verdaderamente siempre nos alegraba vernos. Si alguno de los dos tenía un éxito profesional —a él le sucedía con relativa frecuencia—, nunca olvidábamos felicitarnos. Jamás hablamos mal el uno del otro. Y nuestra relación siempre fue altruista y sincera. Nunca pensamos sacarnos el menor partido, ni abusar de nuestros respectivos poderes, fueran cuales fueran. Admito que es un caso atípico, pero así fue siempre por mi parte y por la suya. No lo digo ahora que ya no está para rebatir mis argumentos; lo hablamos varias veces, sobre todo al final. Nos preguntamos por qué seguíamos teniendo esa relación limpia y transparente después de tantos años.

Si hay algún ejemplo de amistad (espero que disculpen mi inmodestia) que pueda responder a la definición clásica, es la nuestra. Cada autor aporta sus propios detalles, desde Platón y Aristóteles hasta Laín Entralgo, John M. Reisman o el popular Francesco Alberoni, pasando por Cicerón, San Agustín, Santo Tomás, Kant, Nietzsche, Montaigne y algún otro cuyo olvido repararé en la bibliografía citada al final del libro (*). La más clá-

(*) Aprovecho la ocasión para aclarar que, leídos los textos fundamentales sobre la amistad, evito sin embargo citar referencias concretas, salvo excepciones muy notables. El motivo es que así como otras materias se han ido enriqueciendo con gran variedad de criterios y aportaciones decisivas, respecto a la amistad nadie ha llegado mucho más lejos que Platón, Aristóteles (cuya *Ética a Nicómaco* es el «vademécum» de la amistad), Tomás de Aquino y Kant, que abarcan

sica: «Amistad es el afecto personal, puro y desinteresado, normalmente recíproco, que nace y se fortalece con el trato.»

Hay otras más literarias: «Amigo es aquel a quien le agrada hacerle bien a otro y desea hacérselo y considera que sus sentimientos son correspondidos.» Y otra más precisa, como la de Laín Entralgo: «La amistad es una comunicación amorosa entre dos personas, en la cual, para el mutuo bien de éstas, y a través de dos modos singulares de ser hombre, se realiza y perfecciona la naturaleza humana.» Dentro de la última aparecen enunciadas las cinco propuestas esenciales que, según el autor, diferencian la amistad de las otras formas de relación humana:

1. Peculiar relación amorosa.
2. De dos personas.
3. A través de modos singulares de ser hombre (o mujer).
4. Para su mutuo bien.
5. En que se realiza y perfecciona la naturaleza humana.

Los cinco enunciados responden a la amistad referida en el relato y sobre ellos habrá que volver repetidas veces.

lo mejor del pensamiento en la Grecia clásica, el cristianismo medieval y la llamada Edad Moderna. El resto de los matices se encuentra en los autores citados en esta breve relación, de los que me he apropiado sin ánimo de plagio, pues mi pretensión es mucho menos ambiciosa que la suya. Me disculpo, ya entrada en la materia, por mis excesos, tanto de arrogancia como de modestia.

Amigos lejanos

He sido esquivo, huidizo, desdeñoso, pero jamás he dejado de tener un puñado de afectos y de gentes a quien admiraba y estimaba.

José Moreno Villa, *Vida en claro.*

Escribo sobre los amigos precisamente cuando estoy a punto de perderlos. Escribo con la esperanza de cambiar de vida. Hago un nuevo intento de recuperarlos. Me doy cuenta de que ya no quieren flores, libros, discos, plumas antiguas, cajas de marfil, jarrones chinos, pisapapeles de cristal... esa sarta de ofrendas que les envío con motivo de cualquier aniversario, la aparición de un libro o el nacimiento de un hijo. Al principio lograba retenerlos, pero ya no aceptan regalos y ni siquiera sé si me aceptan a mí o maldita la falta que les hago. Como tengo la mala costumbre de quedarme enganchada en la misma música, llevo ya mucho tiempo obsesionada con Chet Baker, Billie Holiday y Miles Davis, y no puedo escuchar nada más. Oír las canciones de Baker lleva al más absoluto desarme emocional. Dicen que no es una gran voz pero a casi todo el mundo le resulta fascinante. Billie Holiday y Miles Davis me dejan sin defensas. Por eso me dan estos ataques de nostalgia.

Hace tres años que no veo a La Negra. Acabo de recibir un aviso de fax procedente de Buenos Aires.

«Querídisima cerril:

A nadie se le ocurre hacer dos libros a la vez. Estoy prendida de la tele porque tengo que hacer una nota larga sobre todo el movimiento de esta noche triunfal. Recién mañana a la tarde te podré enviar una carta, o sea después de las 18 hora argentina. Si te vas, déjalo abierto. Sabrás todo de mí cuando vuelvas de la radio. Ni intentes llamarme, hace cinco días que he perdido la voz, para solaz y esparcimiento de los que me rodean. Pero la recuperaré.»

La Negra me trae recuerdos de los mejores tiempos o, al menos, los más plenos de mi vida. Dedicaba al trabajo menos horas que en la actualidad y, sin embargo, obtenía resultados más brillantes. Estaba llena de amigos a los que frecuentaba con una increíble habilidad de la que ahora carezco por completo. Nos veíamos metidos en aventuras sorprendentes como aquel viaje que nos reunió a todos en un pueblecito de Menorca llamado San Luis. Pablo y yo éramos el nexo de unión entre amigos de diversa procedencia: Jude, el antropólogo neoyorquino y su mujer; Rita y su compañero habitual; Daniel y la americana; Pepe y Pepa, que llevaba día y noche a su bebé colgado de la cadera; Marina y un ejemplar de macho catalán que nos desconcertó a todos, yendo y viniendo en una Vespa a comprar el pan con una camiseta de tirantes que nada tenía que ver con la de Marlon Brando, a pesar de que trataba de imitarlo. Afortunadamente para ella, aquel error sentimental no duró más de tres meses. Nos metimos todos juntos en la casa más espectacular de la isla, propiedad de un exquisito joyero de Mahón, desde cuya torre se veía un mar inmenso. Muchas noches subimos a lo más alto de la torre con varias botellas de champán para celebrar el final de un día esplendoroso. Una vez bajé aterrada las escaleras con un murciélago enganchado en mi pelo. A esas horas revoloteaban cientos de murciélagos repulsivos. En una parte del jardín, que estaba lleno de higueras, buganvillas y las palmeras más bellas que recuerdo, había una cueva prehistórica a la que bajé sólo dos veces, superando graves ataques de claustrofobia. Alquilamos la casa con el compromiso de mostrarla a los visitantes que quisieran ver la cueva prehistórica y la torre del siglo XIII. Todos los días nos llegaban turistas de lo más selecto para contemplar nuestras posesiones efímeras, así que teníamos que montar guardia para hacer de guías. Nunca he vivido placeres más refinados que los de aquellos días, en los que cultivábamos por igual el cuerpo y el espíritu, y durante varios minutos al día nos consideramos plenamente felices. Es verdad que un paisaje maravilloso produce placer aunque tú no hagas nada y que aquella casa facilitaba mucho las cosas, pero no fue sólo una cuestión de refinamiento, allí sucedió mucho más. No quiero ir muy lejos para no caer en el esteticismo más ridículo, pero los baños desnudos en el mar, las suculentas comidas con sus largas sobremesas, las siestas más placenteras que recuerdo, los bailes en las fiestas de los pueblos, las charlas de madrugada alrededor del fuego, la belleza de la casa, algunos excesos casi infantiles como los juegos de salón, el póker y las risas que nos provocaba la dosis justa de alcohol y amistad, hicieron de aquel verano uno de los mejores de nuestra vida.

Aunque ninguno de nosotros admitiría que ya no somos amigos, hace demasiado tiempo que dejamos de vernos con la disculpa de la distancia. Pepe vive en Santander, Marina en Cataluña, Daniel en Nueva York y La Negra en Argentina. No recuerdo dónde pasó aquel verano La Negra, pero ahora la echo de menos. En los últimos diez años sólo nos hemos visto una semana en Santiago de Chile, otra en Buenos Aires y un par de días en Madrid. Les extraño a todos y quiero saber si aún puedo arreglar lo aparentemente irreparable.

Dejé conectado el fax y al volver de la radio encontré un inmenso rollo de papel que empieza así:

> "Siendo las 6:30 horas de la mañana de este comienzo de la buena estación, aquí estoy sentada aprovechando el fresco para comenzar mi relato. Aún no he visto los periódicos pero está de más decirte que ha empezado el *count down* del menemismo... Hemos vencido jugando a la chilena, con una «concertación» donde ninguno es divino pero por lo menos hay una intención ética. Todavía no puedo creer que este país peronista se haya cansado del peronismo. Estoy orgullosa de haber puesto, en su momento, mi modesto granito de arena para desacreditarlos...
>
> Dejo para el final las preguntas de siempre: ¿Clara? ¿Pablo? ¿Te ves con Pepe? ¿Dónde estás? A lo mejor

me lo puedes faxear y si no espera a enero que voy a tener instalado el nuevo programa de comunicaciones con E-mail. Aquí hace un año que no llega *El País*, solamente lo leo cuando accedo a lo de algún amigo con Internet. Yo cambié de ordenador y armé un terrible quilombo, es como que tengo que empezar todo de nuevo. No prometo nada, pero no nos perdamos. Un abrazo muy grande."

La Negra, también llamada Minnie, es un cruce de Julio Cortázar con Walt Disney, amiga lejana y, a pesar de los pesares, permanente. Minnie ha puesto muchos granitos de arena en la reconstrucción argentina, país al que regresó después de un exilio montonero que se prolongó durante casi veinte años en Madrid. Autora del best-seller *Pizza con champán*, una sarta de maldades inconcebibles, bien documentadas por cierto, sobre los escándalos del régimen del presidente Menem (lo que llama el menemismo) y su corte de los milagros. Causó furor y estuvo número uno en las listas de ventas durante muchos meses, gracias a lo cual pudo volver a Europa durante un tiempo y pasar en dos ocasiones por España. No prometo nada, pero no quiero perderte.

Y con este espíritu abatido prosigo la ronda, esta vez en dirección a un lugar situado a orillas del río Mississippi, donde por el momento se han instalado Lucía y Tadeo, a quienes escribo la siguiente carta:

"Queridos Parelli:
Todavía no tengo correo electrónico porque me da miedo. Sabéis que soy ludópata, me engancho con todo y puedo pasarme el día metida en las

redes y dejar a mi familia sin sustento. De todos modos, hoy me dispongo a escribir y me comprometo siempre que se pueda a llamar por teléfono. Me paso el día y la noche trabajando. Hoy es viernes, ocho de la noche, y he terminado de escribir, pero mañana sábado tengo que continuar. Por eso no escribo cartas; por saturación. El lunes me voy a París, ida y vuelta, un viaje fugaz, como todos los que hago últimamente. De la familia no sé nada, excepto que Rita se operó y salió bien, pero ya no sé más y bien que lo siento. En cuanto termine esta racha laboral iremos a Lanzarote un fin de semana. Luego a Vera. No tengo más noticias que las de los periódicos; no son muy interesantes. Pablo quiere ir al Mississippi a toda costa. No vamos al cine, no vamos al campo, no jugamos a las cartas, casi no vemos a los amigos, a pesar de lo cual todavía no estamos locos. Hay fiestas de carnavales, pero no nos vamos a disfrazar. No puedo contener la risa cuando recuerdo el último baile de disfraces que pasamos juntos.

Estaba escribiendo una conferencia, pero como no puedo más, he decidido interrumpirla y hacer algo útil. No creáis que os olvido, es que la vida que llevo sigue sin tener mucho sentido, porque no me deja tiempo para hacer algo agradable. Todo lo que hago es trabajoso, complicado, ingrato, difícil y molesto. Me muero por hacer comilonas como las que hacíamos antiguamente, con daiquiris y caipiriñas de las que preparaba Rita; ir al cine a ver películas estupendas; pasear por el campo con Rita (mi perra se llama Rita, como mi amiga), que la pobre está encerrada todo el día en casa y se le está poniendo la trufa blanca por falta de sol. José vive en la sierra de La Cabrera, pero hace seis meses que no le veo, exactamente desde que vino a cenar a casa el día de Navidad con sus seis hijos.

Quiero hacer ejercicio, cualquiera que sea, nadar, bailar, andar o simplemente moverme de la silla donde estoy pegada la mayor parte del día. A veces, me ahogo y me duele la rodilla. Es la edad. Tengo cuarenta y cinco años, pero no creo que sea inevitable encontrarme tan destartalada como me encuentro. Otra de las cosas que me encantaría es releer a Moravia y a Graham Green y escuchar música durante un par de horas al día. Tampoco lo puedo hacer o quizá pudiera hacerlo si me lo propongo, pero el caso es que no lo hago. Tengo una docena de libros empezados con la desagradable sensación de que no voy a terminar ninguno. Algunos tienen una pinta estupenda, pero apenas me da tiempo a mirar la solapa, leer un capítulo y dejarlo. También tengo aparatos de música, arriba y abajo, pero detesto la música de fondo. Hablo mucho por teléfono, pero todas las conversaciones tienen alguna utilidad profesional. Los amigos/as no me llaman; yo a ellos/as tampoco.

Por lo demás, de salud no estoy como debiera estar. Quiero decir que peso de más, me duele con frecuencia la cabeza, tengo anemia ferropénica y leves trastornos ginecológicos que, lamentablemente, no tienen que ver todavía con la menopausia. En resumen, no estoy contenta. Lo único bueno es que no pierdo la esperanza de recuperar la alegría y la vitalidad. Pero no soy capaz de ver el horizonte.

Profesionalmente, sin embargo, las cosas no me pueden ir mejor. Trabajo todo el día y gano el dinero suficiente, pero pago más de la mitad en impuestos. Los niños están bien, maleducados, pero simpáticos, sanos y altos. Me gusta mucho todo lo que tengo y es una suerte inmensa, pero no puedo disfrutar prácticamente de nada. Me da pena, por eso no os escribo, porque no me gusta hablar de fracasos, pero no puedo contar otra cosa porque detesto las mentiras. Espero que la próxima carta sea más digna, aunque para eso quizá tenga que llegar el verano y escribir desde la casa de la playa, el único sitio donde me encuentro bien. Allí vivo como quisiera vivir el resto del año. Me da pena que no podamos vernos. Ojalá que nos vaya todo mejor."

Aún me queda el penoso deber de comunicar la muerte de una persona querida a Josie y Carlos, testigos lejanos de mis historias más íntimas. Viven en México D. F. desde el final de la Guerra Civil, donde sus respectivos padres tuvieron que exiliarse. Ambos pertenecen a la burguesía republicana que personificó el espíritu de la Institución Libre de Enseñanza.

He pasado algunas tardes en los salones de sus distinguidas familias tomando té con pastas y escuchando historias de aquellos tiempos en los que la mayoría tuvieron un padre ministro, un abuelo diputado, un tío presidente del Supremo, que estaba casado con alguien relacionado a su vez con los Menéndez Pidal, los Ortega, los Azcárate, los García del Real o los Cossío. No tengo nada que ver personalmente con la endogamia de la Institución, ni tampoco con la Residencia de estudiantes, el santuario científico, artístico y literario de la época que albergó a Lorca, Buñuel, Marañón, Pérez de Ayala, Dalí, Moreno Villa, Baroja, Alberti, Cernuda, Salinas, Severo Ochoa, Falla, Einstein, Marie Curie, Ravel, Stravinsky y los referidos con anterioridad.

No se puede pedir más *pedigree*, más distinción, más pureza de sangre, más seguridad en sí mismos de la que tienen sus privilegiados descendientes, a pesar de lo cual algunos siguen siendo buenos amigos míos. Lo mejor de Josie y Carlos es que han heredado de la burguesía intelectual republicana ese toque de austeridad, el pudor, la voluntad férrea y, sobre todo, llevan el ritual de la amistad hasta sus últimas consecuencias. Sólo así entiendo que toleren mis desatenciones, mis descortesías, la anarquía y el caos que rigen mi vida. Tanto remordimiento viene al caso porque la última vez que nos vimos se mostraron completamente decepcionados de mi amistad. Tendré que comunicárselo por teléfono o por fax. Les quiero, pero cómo decirles que sigo en las mismas. Lo lamento. Me siento incapaz.

Cuando los amigos viven sólo de recuerdos

Los viajes, la movilidad geográfica, el cambio de residencia o de trabajo y las grandes distancias que nos separan de los amigos hacen cada vez más transitorias nuestras relaciones. Si se pierde la esperanza del reencuentro la amistad se desvanece. Aunque se concede tanto valor al hecho de mantener a los viejos amigos que nadie se atreve a darlos por perdidos. No nos resignamos a considerar transitorias las relaciones profundas y, sin embargo, lo son, por más que intentemos prolongarlas a través del teléfono, del correo electrónico, en cada mensaje de año nuevo o cada felicitación de aniversario. Si el alejamiento dura, cada vez se mantienen contactos más espaciados hasta que llegan a desaparecer.

Es difícil renunciar a la intimidad que mantuvimos en el pasado y los recuerdos logran mantener una cierta apariencia de amistad, sobre todo si se produce un nuevo encuentro ocasional. Nos interesamos por ellos, preguntamos por nuestras respectivas vidas, tenemos una conversación intensa durante dos o tres días y al cabo de una semana, lamentablemente, comprobamos el mutuo desinterés y la falta de futuro de una relación virtual. Los amigos virtuales tienen la posibilidad de serlo, pero sólo en la ficción, y su amistad ha dejado de formar parte de la realidad cotidiana. El correo electrónico «desvirtúa» la intimidad, la confianza, la cercanía y la proximidad, condiciones todas ellas que requieren las amistades profundas. No obstante, soy de las que no me resigno a perder —creo que no los he perdido— a mis viejos amigos. Es una de mis tercas utopías, una de mis mentiras vitales que me hacen más tolerable la existencia.

Los amigos son para el verano

Por entonces, ya había descubierto que todo, lo bueno y lo malo, deja un vacío cuando se interrumpe. Pero si se trata de algo malo, el vacío va llenándose por sí solo, Mientras que el vacío de algo bueno sólo puede llenarse descubriendo algo mejor.

Ernest Hemingway, *París era una fiesta.*

Iba muy despacio, camino de Vera en pleno mes de julio, mientras escuchaba la banda sonora de *El cielo protector* y al tomar una curva se me apareció una ruinosa fábrica de ladrillo rematada por una bello mosaico con una leyenda desvaída: «Aromas y Sabores.» Qué oficio tan sublime y exquisito —pensé— el de dar sabor y olor a la vida.

Este verano repito el mismo recorrido y en lugar de aquellas ruinas primorosas me encuentro una nave de hormigón rematada en lo alto con un letrero fluorescente que ya no sugiere lo mismo: «Aromas y

Sabores, S. A.». Al ver las luces de neón verdes y amarillas con las siglas de una «sociedad anónima», pronto caigo en el error. Detrás de esas palabras que me llevaron a evocar fragancias de jazmín, espliego, tomillo y menta, no hay más que anilinas, antioxidantes, colorantes, estabilizantes y conservantes químicos. Un fiasco. Pero al meterme en el camino de Vera se me olvida. En un instante llegaré al mar.

Dedico el resto del año a un trabajo intenso con una sola obsesión: que llegue el verano y, con él, un mes completo entregada al ocio contemplativo que es mi sinónimo de felicidad. Sé que en estos tiempos está mal visto el culto a la pereza; esa bendita capacidad de no hacer nada que los más afanosos consideran una aberración. Muchos de los que me rodean sostienen que los excesos de comodidad relajan, pero también reblandecen y envilecen. Si tienes todo al alcance de la mano acabas seducida por la nada y no es posible entregarse al vacío impunemente, porque el cuerpo se ablanda, termina por acostumbrarse y reclama la buena vida como si fuera un derecho ineludible. Eso es, sin embargo, lo que entiendo por vivir como Dios manda. Nos han impuesto la pésima costumbre anglosajona de valorar el trabajo en sí mismo, frente a la idea aristotélica o marxista que defiende una sociedad cada vez más ociosa y emancipada.

No ignoro que el trabajo, sobre todo el mío, es una fuente de satisfacción, porque a menudo se confunde con el ocio; más que un esfuerzo, supone un privilegio ser testigo de los mejores y los peores acontecimientos de cada día. Tanto es así que muchos pagarían por lo que nosotros cobramos cantidades nada despreciables de dinero. Claro que lo sé; mi trabajo carece de monotonía, goza de bastante libertad, tiene cierta dosis de riesgo, mayor o menor según la especialidad, está bien remunerado y algunos todavía lo valoran. Pero todos los excesos se pagan. Hay japoneses que caen fulminados por una especie de delirio laboral llamado *karoshi* y, aunque estoy a años luz de esa demencia, necesito tomar un respiro largo y profundo cada vez con más frecuencia. Algunos de mis amigos consideran que un mes al año de plenitud es demasiado poco; que no se puede seguir viviendo así. Otros se darían con un canto en los dientes si alcanzasen esa proporción de dicha anual.

Para vivir bien es necesario dedicar varias horas diarias a los amigos; compartir con ellos una comida agradable, un buen vino, un poco de sol, un paseo por la playa y una buena charla. Dedicar lo que queda del día a leer o a escuchar música en la intimidad y la noche a dormir hasta que amanece y te despiertan los pájaros o el ruido del mar. Te levantas para contemplar la playa desierta desde la terraza, te sientas bajo el cobertizo a tomar el desayuno mientras echas un vistazo desapasionado a las noticias del periódico local, hasta que vienen a buscarte los amigos para reanudar la ceremonia. Cuando el sol está en lo alto, lo mejor es un baño de olas en un mar limpio y transparente y un poco de arena para secarte bajo la sombrilla desde donde ves pasar los barcos que salen del puerto. A veces, se acumulan los placeres y sientes hambre, entonces te vuelves a inflar de cerveza, sardinas, patatas asadas y pan con ajo.

Me gustaría aplicar esta fórmula durante todo el año, con ligeras variantes, por ejemplo: escribir cuatro horas cada mañana (jornada laboral que en los años treinta reclamaba Bertrand Russell en su *Elogio de la ociosidad*); navegar un rato en vez de tumbarme en la playa cuando cae el sol; cambiar la ensalada, el arroz, las sardinas, el pan con ajo y la clara del mediodía por una excursión a los Vélez, a Níjar o a recorrer sierra Cabrera de arriba abajo; también se puede alternar el póker, el continental o las exquisitas cenas que nos hacen Antonia y Antonio en el Mesón del Puerto de Garrucha, con las sobremesas en casa de Susana, que es donde surgen las conversaciones más intensas por la gran destreza de Pablo y Alicia para provocarnos a todos.

—Las inyecciones de hierro me han dejado un tatuaje negro en el culo —dice Clara—. No sé si denunciar al ATS, porque es evidente que me las ha puesto mal. Voy a demandar al Insalud.

—¿Qué crees que vas a sacar con eso? —pregunta Pablo—. Como mucho, un par de millones. Y por un par de millones vas a tener que enseñar el tatuaje a todo el mundo. Y dirán: «A Clara le han pagado dos millones por el lunar que tiene en el culo.»

—Ni por todo el oro del mundo se me ocurriría enseñarlo a estas alturas, responde Clara.

—Si fuera en Estados Unidos, te darían sesenta millones por lo menos; y por sesenta yo enseño lo que sea.

—No digáis gilipolleces —interrumpe Javier—. ¡Cómo te van a dar sesenta millones!

—Pues lo mío es peor —interviene Susana—, porque tengo exceso de hierro y de eso se murió Pedro Toledo, el banquero.

—Prefiero tener hierro de más, al cólico nefrítico que me dio este invierno —insiste Javier.

—¿Pero no era un ataque de ciática? —dice Clara.

—También, pero eso fue después del cólico.

—Estoy segura de que todo te viene de la cantidad de medicinas que tomas.

—No son medicinas; son productos naturales.

—¿Tú crees que la auxina, el redoxon, el KH3, las cápsulas de ajo, la lecitina, el magnesio y el cartílago de tiburón te sirven para algo?

—Por supuesto, sobre todo, el cartílago de tiburón que me quita los dolores de huesos y me está dejando nuevas las articulaciones. Además, si lo dan en el Monte Sinaí a los enfermos de cáncer, por algo será —insiste Javier con mucha convicción.

—Me gustaría saber cuánto os gastáis en farmacia al año —pregunta Clara.

—Unas ciento cincuenta mil pesetas —responde Javier.

—A vosotros os importa un bledo el medicamentazo —insiste Clara—, no sé por qué protestáis tanto.

—Por cierto —interviene Pablo—, el otro día me contó Jorge que tuvo uno de sus ataques de asma en un hotel de Los Ángeles. Se ahogaba, necesitaba aire y no podía ni levantarse, así que en estado preagónico, en medio de la oscuridad, lanzó un cenicero metálico para romper el cristal de la ventana. Escuchó el ruido de los vidrios rotos, sintió cómo entraba el aire, respiró profundamente y, por fin, se durmió. Al despertar, se dio cuenta de que sólo había roto el espejo de la pared y la ventana estaba intacta y cerrada.

—Sois todos unos neuróticos. No soporto seguir hablando de enfermedades. Se acabó —dice Clara concluyente—. Susana, trae más hielo para el ron.

Estoy rodeada de gente neurasténica que sufre continuos trastornos depresivos y se pasa el día quejándose de molestias imaginarias. Todos los hombres que conozco son hipocondriacos y cambian de hábitos alimenticios cada vez que aparece una noticia sobre dietética en el periódico. Han sido adictos a la macrobiótica, pasaron por la vegetariana y ahora defienden con ardor la dieta mediterránea. Consumen aceite virgen de oliva por un tubo, se hinchan de legumbres y ajos, antioxidantes, sales de magnesio, jalea real, polen y aspirinas porque previenen el infarto y el cáncer de colon. Temo que su hipocondria sea contagiosa, porque la mayoría de las conversaciones se nos van en detallar malestares múltiples: amigos que pasan por el quirófano, fármacos para disminuir el colesterol, dolores de estómago, cólicos nefríticos, afecciones de vesícula, pulmón, corazón y otras vísceras de casquería. La mayoría de las veces se habla del sida, el tabaco, la obesidad y, sobre todo, ellos se refieren a su próstata.

—¿Sabes lo que me dijo tu tío Grande Covián? —pregunta Alicia.

—Era un genio, era un tipo estupendo, yo le quería mucho —interrumpe Javier.

—Que es inútil esforzarse; el mejor método para tener una vida larga y feliz es escoger unos padres sanos y longevos; el resto de las fórmulas no están nada claras.

—Es evidente, pero algo se podrá hacer por uno mismo —protesta Javier.

—Muy poquito, casi todo es una cuestión genética —advierte Alicia—. Yo, por ejemplo, tengo bajo todo: el hierro, la tensión, el colesterol...

—Dicen que eso es un seguro de vida —interviene Pablo.

—No creas, si tienes el colesterol demasiado bajo te dan unas depresiones que te matan. Por eso estoy triste.

—No es por eso —dice Pablo—, yo también estoy triste y lo tengo todo alto. El otro día me encontré a Belén por la calle y me dijo: «¿Dónde vas con esa cara tan triste?» Me pegó un susto de muerte, porque es verdad, se me nota hasta en la cara.

—¿Por qué estamos todos tan tristes? —pregunta Alicia—. Espero que no echéis también la culpa de nuestra tristeza a los socialistas. ¿Tenemos motivos para estar desesperados de la vida?

Las noches son tan largas en casa de Susana que sobra tiempo para bajar de la euforia a la depresión. En nuestros variables estados de ánimo influye decisivamente la cantidad y la calidad del alcohol. De todos modos, ninguno de nosotros conoce a nadie que esté satisfecho con la salud que tiene, el dinero que gana ni el cariño que recibe. Todo el mundo a nuestro alrededor se siente malquerido, maltratado y malpagado. Pero esta noche llegamos a la conclusión de que ni siquiera la gente feliz es capaz de confesarlo, quizá por pudor o más bien por prudencia, porque en estos tiempos los excesos de satisfacción resultan demasiado subversivos. Clara sostiene que, a partir de los cuarenta años, todos estamos un poco tristes y un poco locos. Existen distintos grados de enajenación y lo único deseable es que nuestros trastornos psicosomáticos sean compatibles con los del resto del grupo; sería terrible no poder compartir la decadencia con los amigos.

—Nadie me contesta —insiste Alicia—. Por favor, Pablo, abre otra botella de champán.

—¿Pero no estabas bebiendo ron? ¿Sabes cuántas botellas llevamos?

—La de *El cacique* es Clara, yo prefiero seguir con la *Veuve* —contesta Alicia—. No entiendo cómo tú, precisamente tú que has triunfado en todo, puedes estar triste.

—Yo no he triunfado —protesta Pablo.

—¿No has triunfado? Eres un alto funcionario, cobras un pastón, desde la ventana de un despacho cojonudo contemplas la Bolsa, el Museo del Prado y El Retiro, tienes secretaria, visa oro, viajas en preferente, fumas habanos, las mujeres todavía se enamoran de ti, mandas un huevo en el partido y sigues siendo de izquierda. ¿Pero tú qué quieres? Es más —añade Alicia—, me gustaría saber qué siente un ejemplar como tú, en peligro de extinción. ¿Sabes, al menos, que eres el último de una especie?

—Lo dices porque sigo siendo marxista —responde Pablo, con cierta dificultad por el exceso de alcohol.

—Bueno, eso es de coña. ¿Cómo puedes ser marxista viviendo como vives? ¡Echad un vistazo a la ropa que lleva! Esa camisa es de algodón y lino de Basile, los pantalones de Armani, el chaleco de Ralph Lauren, los zapatos de Brooks Brothers y el reloj, menos mal, es un sencillito Rolex de acero. No tenéis ni idea de la pasta que lleva éste encima. ¿Puede ser marxista un sibarita y un hedonista como tú? —añade Alicia en tono claramente ofensivo.

—Todo esto me lo compré en Estados Unidos cuando estuve en casa de mi hermano, hace un montón de años, así que está más que amortizado —Pablo agacha la cabeza y baja el tono de voz—. Pero reconozco que tienes razón, por eso estoy jodido, porque vivo en contradicción permanente y eso me amarga la existencia. A los dieciocho años soñaba con entrar en el despacho del presidente, rodeado de mis compañeros, y decirle pacíficamente: «Señor presidente, salga por esa puerta sin hacer ruido; la cosa ha cambiado y ahora vendrán otros a arreglar todo esto.»

—Pacíficamente nunca se ha hecho la revolución

—interviene Javier—. ¿De manera que soñabas con ser Marlon Brando en *¡Viva Zapata!*?

—Algo así —responde Pablo totalmente avergonzado.

—No me extraña que estés triste, además de borracho —dice Lucía, su mujer, que no ha abierto la boca en toda la noche—. Me asombran las cosas que contáis. Sois unos privilegiados, unos consentidos, unos señoritos de mierda; os lo dieron todo hecho y por eso queríais cambiar el mundo. ¿Sabéis cuál era mi sueño a los dieciocho años?. Mi único objetivo era sobrevivir. No pensaba en ser de izquierda, sino en que era una mujer y tenía que salir adelante yo sola, parir hijos, ganarme la vida, defenderme de las agresiones, todo me resultaba difícil y hostil. Para ascender en la empresa debía trabajar catorce horas diarias, estar delgada, llevar tacones, vestirme bien, porque de lo contrario siempre habría un jefe gilipollas por encima de mí. Jamás se me ocurrió tomar el Palacio de Invierno; ésa es la diferencia entre vuestra generación y la mía.

—Pues estarás contenta —responde su marido—, porque nosotros no hemos tomado el Palacio de Invierno y tú, sin embargo, te has convertido en una ejecutiva feroz; ganas más, mandas más que todos nosotros y, encima, tienes diez años menos. Has logrado sobrevivir bastante bien.

—Doy gracias a la vida por sobrevivir —le responde Lucía—, pero no me pidas que esté contenta. A la gente medianamente satisfecha, como yo, le interesa muy poco lo que sucede a su alrededor; tengo que ser conformista y desapasionada, sólo encuentro relaciones superficiales, jamás llego a pensar que la vida es maravillosa, aunque tampoco creo que sea demasiado miserable. Quiero llevar una vida rutinaria, sin sobresaltos.

—¡Pues qué horror! —dice Susana—, yo, sin embargo, pensándolo bien, no estoy triste. En realidad, estoy feliz porque he conseguido lo que quería.

—¿Y qué querías? —preguntan varios al mismo tiempo.

—Pues de verdad, de verdad, yo para lo que valgo es para el amor.

—No sé qué quieres decir con eso —plantea Clara con mucho interés.

—Quiero decir que a los trece años, cuando me enamoré locamente por primera vez, me di cuenta de que aquello era lo mejor del mundo. Y a partir de ese momento mi único objetivo ha sido estar permanentemente enamorada, porque es el estado más sublime.

—¿Y lo has conseguido? —preguntan, de nuevo, todos al tiempo.

—Lo ha conseguido —contesta Joaquín, su último marido, que habla por primera vez—, pero no me miréis como si yo tuviera algún mérito. Siempre ha estado enamorada, aunque de distintos hombres.

—A mí me espanta estar enamorada —confiesa Clara—, porque a partir del tercer mes me duele la espalda, duermo poco, se me hincha la cara, me salen manchas y no puedo hacer nada más que estar pendiente del otro. Cuanto más me enamoro, más pronto quiero desenamorarme, para huir de él. De hecho, no mantengo ninguna relación con los hombres que más me apasionaron. Casi nunca quiero volver a verlos.

—Todo lo contrario, a mí me pasa todo lo contrario, me gusta ser amiga de mis antiguos amantes —dice Susana, sabiendo lo mucho que le molesta a Joaquín— y comer con ellos de vez en cuando para contarnos cómo nos van las cosas. Me doy cuenta de que yo he nacido para complacer a los hombres. Es lo que hago mejor. Me gusta perder la razón, vivir flotando, bajar del paraíso al infierno, sentir palpitaciones en el vientre, el corazón y la cabeza, llenarme de energía y descargarla, estar a punto de llorar o de gritar... No me importan tanto los hombres como el hecho de estar brutalmente enamorada. Reconozco que he sido mala hija, mala madre, mala esposa, pero estoy orgullosa de haber sido siempre una estupenda amante.

—En cierto modo, a mí también me pasa algo de eso —dice Pablo pronunciando cada vez con más dificultad—, lo que más me gusta es el amor a lo bestia.

—¿Cómo es el amor a lo bestia? —se interesa Clara.

—Quiero decir que me gusta el sexo.

—¿Te gusta más que la política? —pregunta Alicia en tono irónico.

—Por suerte, me gusta mucho más. Para mí el sexo es también algo brutal. La diferencia es que yo puedo separarlo del amor.

—Eso os pasa más a los hombres que a las mujeres —dice Susana—. Yo no podría hacer una felación como Monica Lewinsky, en mitad de un despacho, sin estar perdidamente enamorada.

—¿Ni siquiera en el despacho oval de la Casa Blanca? —pregunta Pablo.

—Ahí menos que en ningún sitio. Detesto a Clinton, es el típico americano con piel de zanahoria.

—Lo digo por la erótica del poder.

—El poder me trae al fresco; lo que me erotiza es llevar la voz cantante —concluye Susana—. Por cierto, Pablo, ¿qué harías si te falla el sexo? ¿Te pegarías un tiro como Hemingway en caso de que no se te vuelva a levantar?

—Nada de eso. Aprovecharía para hacer lo que nunca fui capaz: poner bombas por las calles. Así mato dos pájaros de un tiro.

—Ahora entiendo por qué sigues enamorando a las mujeres —dice Javier—, porque notan que tienes ganas de follar a todas horas y, además, porque se creen que van a conseguir lo que no consiguieron las otras, también, porque eres rico, vives solo y estás loco.

En ese instante aparece Nacho, el hijo mayor de Susana, que viene de tomar copas en Mojácar. Estudia el último curso de ingeniero de telecomunicaciones en la Complutense y cuando era un bebé yo le cambiaba los pañales.

—Os veo en forma, ancianos. Vaya con los viejos, cómo lo pasan. ¡Que tengáis buena noche!

—Buenas noches, hijo, hasta mañana.

—¿Cómo le va a Juan en Inglaterra? —pregunta Clara a Susana.

—Estupendamente, creo que me va a hacer abuela muy pronto. Ha dejado embarazada a una negra surafricana.

—¡Qué maravilla! ¡Enhorabuena! Vamos a brindar por tu nieto. Pablo, por favor, abre otra botella de la Viuda. Tenemos que celebrarlo.

—¿Sabéis cuántas botellas llevamos?

Nacho me ha pedido que le busque un trabajo en El Corte Inglés, Iberia o Construcciones Aeronáuticas, donde algunos de mis compañeros del colegio tienen poder. Nosotros —me refiero a la que Lucía llama la generación de los consentidos— queríamos subir al Machu Pichu, cortar zafra en los campos de trabajo, bañarnos en el Ganges, visitar La Meca, luchar con los sandinistas en Nicaragua... cualquier cosa antes de preparar oposiciones para abogado del Estado o tener un empleo fijo. Hoy la mayor utopía consiste en llegar a funcionario de Hacienda. Quieren seguridad y huyen del riesgo como de la peste, porque no saben aún que la seguridad no existe. Pero hay que dejarlos, como nos dejaron a nosotros descubrir los propios errores, actuar como si las cosas tuvieran arreglo y fuéramos capaces de cambiar el ritmo de la historia. Tendremos que acudir a los pocos amigos que, en aquellos tiempos, se hicieron notarios o banqueros, para que den trabajo a nuestros hijos. Somos una especie en extinción, Pablo, y no sabes cómo me fastidia, en medio de esta terapia de grupo alcohólica en torno a *La Veuve Clicquot*, ser tan consciente de lo mal y lo poco que avanzamos. Espero, no obstante, retrasar lo más posible la llegada del último día de agosto.

El resto del año apenas da de sí. Me refiero a lo mucho que noto, cada vez con mayor desasosiego, que el tiempo escasea para dedicarlo a los asuntos verdaderamente importantes como esas charlas nocturnas frente al mar, más útiles de lo que parecen. «Los días que nos hacen felices nos hacen más sabios»: lamento no recordar quién lo dijo.

Tal vez nunca haya sido más sabia y más útil que entonces; cuando compartía con los amigos aquellos largos y sagrados fines de semana. Ahora sólo me queda el verano.

Los amigos exigen dedicación y eso requiere tiempo

Por eso digo, precisamente, que los amigos son para el verano. Ningún otro período del año, como las vacaciones veraniegas, cumple tantos requisitos para fomentar el buen uso de la amistad. Circunstancia que en mi caso se ve favorecida por la repetición colectiva de hábitos tradicionales. Hace años que una serie de amigos nos trasladamos a una pequeña población costera para compartir el tiempo libre. La gran ventaja es que la mayoría damos una significado muy preciso al ocio, hasta confundirlo casi con la holgazanería, la pereza y la bendita costumbre de no hacer nada más que lo deseable en cada momento. Otros consideran el ocio como la capacidad de poder hacer algo, cualquier cosa, fuera de la actividad laboral y, de hecho, la industria del ocio es una de las más productivas del mundo. Pero ésos se autoexcluyen de forma automática de nuestro círculo de amigos. Nuestra definición del ocio es la preferida por Chesterton: «La posibilidad de poder no hacer nada.» Con el paso del tiempo compruebo que sólo clamamos por la inactividad veraniega quienes dedicamos el resto del año, por voluntad propia o a nuestro pesar, a un trabajo agotador y extenuante. Y ésa es nuestra más afortunada coincidencia.

Somos muy afortunados, pues el núcleo central de los amigos del verano (algunos van y vienen, entran y salen, incluso traicionan) cumplimos todos los requisitos que facilitan la buena amistad: simpatía social, camaradería, proximidad, confianza y coincidencia de hábitos. A esta forma de relación que Laín Entralgo no define como amistad en el sentido estricto, hay que añadir la veteranía, un conocimiento de años, tiempo libre, buena disposición hacia el otro, afición a la tertulia y el grado suficiente de intimidad y confianza en lo que podíamos considerar el núcleo duro de amigos.

Justificada mi devoción por las amistades del verano, voy a recoger una definición del escritor Émile Faguet, catedrático de Poesía en la Universidad de París a finales del XIX, que sintetiza con acierto las teorías de los clásicos. «La amistad es una confianza del corazón que nos conduce a buscar la compañía de otro señalado por nosotros entre los restantes, y a no temer nada de él, a esperar de él apoyo, a desearle el bien, a buscar las ocasiones de hacérselo y a vivir con él lo más posible.»

Aún nos queda por saber demasiadas cosas. ¿Qué queremos decir exactamente cuando hablamos de amigos íntimos? ¿Quiénes entran en la categoría sublime de la intimidad? ¿A quiénes nos referimos? ¿Cuántos tenemos? ¿Para qué sirven, si es que han de tener alguna utilidad? ¿Qué debemos hacer por ellos? ¿Cuál es el grado de confianza? Y es que si mantuviésemos cierta intimidad con los que consideramos amigos (dentro de ese rango, muchas veces, se incluye a vecinos, familiares, compañeros de trabajo o de estudios, tenderos del barrio, camareros, el director de nuestra sucursal bancaria, el abogado o el asesor fiscal…), no tendríamos otra cosa que hacer en la vida más que atenderlos. Porque si algo requiere un amigo íntimo es una buena parte de tu tiempo, aunque sólo sea de tu tiempo libre, y eso determina bastante el grado de intimidad.

Los amigos somos absorbentes y necesitamos compartir no sólo momentos de ocio, sino también emociones, sentimientos, dudas y proyectos. Un amigo, en definitiva, es el aliado indispensable de la vida cotidiana. No tener amigos se considera una desgracia, una cuestión de mala suerte, un fracaso vital.

La amistad es un viejo hábito que todavía no ha sido arrasado por el progreso y cuyo espíritu se alimenta de afinidades, compenetración y, sobre todo, coexistencia. Aunque en un principio se establece una relación sin responsabilidad y compromisos, se acaba creando una red sutil de derechos y deberes, que al volverse demasiado exigente termina con el sentido de la amistad. No voy a recurrir a los demoledores resultados de las estadísticas; sólo señalar que la mayoría de la gente, aunque presume de tener amigos, confía poco en ellos a la llamada «hora de la verdad».

No sabría decir si el sentido de la amistad aumenta o disminuye en función de la categoría social. Aunque en este capítulo podía aportar numerosas referencias bibliográficas contradictorias, me limito a dejarme llevar por uno mis autores más fiables, John Kenneth Galbraith, cuando describe la realidad. Los propietarios de las urbanizaciones de lujo se llenan de tapias, rejas, distancias, se ocultan para que nadie los vea y es impensable que salgan de sus fortalezas para pedir sal o un favor similar a un vecino. En los barrios populares, sin embargo, se dejan los niños, se invitan a las celebraciones y las fiestas, se acompañan al hospital, se ayudan a parir, se intercambian toda clase de intimidades y confidencias, en resumen, comparten los buenos y los malos trances. Nadie duda de que los pobres son más solidarios que los ricos, y es cierto que, a veces, se confunde la solidaridad con la amistad.

La duda que plantea Galbraith es: ¿Por qué se aíslan los ricos: para preservar su riqueza o porque han perdido el sentido de la amistad y de la solidaridad? Las clases sociales más distinguidas, mal que nos pese, practican la ceremonia de la hipocresía, se relacionan con más facilidad, pero son precavidos, desconfiados y se cuidan mucho de echar raíces. Cuanto mayor sea la tosquedad intelectual, sin embargo, más serán los alardes de espontaneidad. Quiero decir que los más solidarios son menos falsos en sus relaciones amistosas; aunque estén marcadas por la necesidad, tardan más en establecer lazos afectivos, pero cuando lo consiguen les resulta muy difícil romperlos. Me doy cuenta de que me he perdido por las ramas de la solidaridad, tal vez pretendo introducirme en esas misteriosas redes que nos tienden gentes lejanas y hospitalarias en las que algunos quedamos atrapados con suma facilidad.

La trampa del exotismo

Hay amistades que se escurren de las manos como el agua clara, otras son como una rosa que uno se prende despreocupadamente en el ojal, pero las verdaderas amistades son como los «chupapiedras» de los niños andaluces, son lapas que se plantan silenciosamente en el corazón.

Federico García Lorca, *Carta a un amigo.*

No es bueno atizar demasiado la nostalgia, aunque si miro hacia atrás siento que ha sido un privilegio haber confiado ciegamente en amigos que yo creía eternos y, sin embargo, al cabo de los años dejaron de serlo. La eternidad, como la nostalgia, nunca es lo que creíamos que era.

Hace quince años que participo de una ceremonia en los salones del Ritz. Se trata de una cena en honor al galardonado con el Premio Francisco Cerecedo, a la que asisten presidentes, ministros, científicos, filósofos, empresarios, escritores y, sobre todo, amigos de Cuco Cerecedo, reunidos en torno al Príncipe de Asturias, un piano de cola y el presidente del BBV que es quien financia este ritual en recuerdo de un amigo. Aunque muchas veces las circunstancias han sido adversas, la función se repite gracias a la tenacidad de Miguel Ángel Aguilar, que se encarga todos los años de encender el fuego de la memoria en torno a un amigo irrepetible. A los que escribían en los periódicos en aquellos tiempos no hay que explicarles de quién se trata. Es la referencia utópica de lo que pudo haber sido y no fue. Era un revolucionario escéptico, si tal contradicción fuera posible, que practicó el humor, el riesgo y el misterio hasta el día de su muerte. Entonces andábamos todos arrebatados de amistad, unidos por el desánimo de un poder político que durante cuarenta años se repartieron los mismos a los que Cuco retrató de manera implacable y brillante en su último libro.

Éramos un grupo de buenos amigos que trabajábamos en el diario *Madrid*, también inmortal, a pesar de haber sucumbido a una voladura controlada. Sobre los escombros de aquel edificio se construyó un discreto inmueble de apartamentos y una comisaría de barrio que hoy funciona a pleno rendimiento. En esa manzana se fundó el «espíritu del *Madrid*», y unos años después Miguel Ángel Aguilar, José Vicente de Juan y Cándido montaron un refugio algo más confortable en la Asociación de Periodistas Europeos. Así que pasamos de una redacción cutre, con muros desconchados y polvorientos tubos de neón, a espléndidos salones alfombrados para acoger a personajes ilustres de la Comunidad Europea. En una de las paredes de la Asociación aparecemos los amigos pintados por Anciones, los supervivientes del *Madrid*, Juby Bustamante, Miguel Ángel Aguilar, José Vicente de Juan, Pepe Oneto, Manuel Vicent... y el resto de los que nos desfogábamos hace casi tres décadas bailando en El Junco al son de los boleros de Moncho. Estamos junto a los trabajadores de talleres, diezmados por el tiempo, recordando las asambleas desde lo alto de las rotativas, en defensa de la libertad y, sobre todo, del primer trabajo que nos habían robado. Teníamos la costumbre de amanecer por los bares que estaban a espaldas de Recoletos y del Café Gijón (donde me llevaron por primera vez José Luis Martín Prieto y Eladio Cabañero). Recuerdo con nostalgia a Juby, Marisa, Feli, Cuco, Julia, Piluca y José Luis; también a mi querida Mercedes Arancibia y Jesús Picatoste; poetas consagrados como Caballero Bonald y Ángel González; algunas veces aparecía Antonio Gades; escritores y actores como Raúl del Pozo, Paco Rabal, Eduardo Haro, Eduardo Rico, María Asquerino y Francisco Umbral, que ya en los sesenta había escrito dos libros maravillosos, *Tamouré* y *Larra, anatomía de un dandy*. Amistades que hemos ido estirando hasta la muerte, como en el caso de Pilar, con quien pasamos muchas madrugadas. Había otros, como Jesús Hermida, que llevaban una vida más ordenada o, en el caso de J. J. Armas, más disoluta que la mía. Más que una ilusión histórica fue una amistad proyectada al margen del tiempo y del espacio.

Releo por enésima vez *Figuras de la fiesta nacional*, el libro que escribió Cuco en 1977, poco antes de su muerte. Es un testimonio implacable sobre la España del posfranquismo, en el que aparecen retratados los políticos de aquel ruedo ibérico. Cuco no llegó a verlo publicado. Murió sin escribir el epílogo. Apenas vivió la democracia. Testigo de su muerte fue Felipe González que estaba junto a él cuando se desplomó en el bar de un hotel de Bogotá. Al llegar a La Moncloa, González quiso rendirle homenaje y presidió la entrega del premio durante un tiempo. Yo llegué a recibirlo de sus manos, pero dos años después, en el 88, la política empezó a enredarse y declinó el honor, porque no le gustaban del todo los elegidos. Ahora es el príncipe Felipe de Borbón quien oficia la ceremonia del Ritz. Guardo una tarjeta de Pilar del día que recogí el Premio Cerecedo que dice así: «Que quede constancia de todo. Incluso de lo que te quiero. Cuco estaría orgulloso de ti, como yo. Un beso.» Supe entonces que Pilar me quería.

Aunque ya es inmortal, Cuco murió a los treinta y siete años sin haber tenido tiempo de perder la fe en una revolución mitigada por la ironía. Consumió los últimos años de su vida en Beirut, tomando el té con Abu Mansur, hoy conocido como Arafat, que sorprendentemente le sobrevive; compartiendo el arroz con los partisanos de Eritrea; perdido en las montañas de Barsani, el guerrillero kurdo; en el puerto de Argel con el amigo de Mandela, Futhi Makatini, o comiendo dátiles en el oasis de Bou Saada. Cada cierto tiempo desaparecía para unirse a cualquier guerrilla olvidada. Una vez se perdió en la isla de Socotora, al sur del Yemen, y como no enviaba noticias, sus amigos trataron de encontrarle. Pasados varios meses, se recibió al fin en la redacción del *Madrid* un telegrama: «Estoy bien. No puedo regresar. Enviad dinero.» Apareció poco después escuálido y renegrido, lleno de fetiches tercermundistas, fotos de mujeres kurdas y conchas del mar Rojo.

Sus crónicas salían de un cruce entre las mil y una noches y los desheredados de la tierra. No en vano una de sus mejores amigas era la viuda de Frantz Fanon, con la que se encontraba en Argel de vez en cuando. Era un gallego que tenía ramalazos mesetarios; iba a partidos de fútbol o a corridas de toros para escribir crónicas politizadas de su ídolo Amancio, tan gallego como él. Cuando se cansaba de tanta nocturnidad le entraba la nostalgia de Vigo o de Salamanca. Amigos con los que tomaba sopa de pescado en el puerto de Argel llegaron a ocupar palacios presidenciales, pero como la revolución fracasó, la mayoría permanece en las jaimas del desierto. Incluso alguno de sus héroes de entonces le ha traicionado.

Hace más de veinticinco años que el *Madrid* saltó por los aires. Contemplamos la explosión desde el ático de los apartamentos de enfrente y después nos fuimos a buscar trabajo cada uno por su lado, pero la amistad se prolongó todavía bastantes años. Aún nos queda la ceremonia que oficiamos en torno al Príncipe; un acto que Cuco jamás pudo imaginar. Se llevaría una amarga sorpresa si hubiera visto la pira funeraria que han hecho con todos sus fetiches revolucionarios. Sobreviven algunas canciones de Carlos Puebla, que hasta el Papa tuvo ocasión de escuchar en La Habana. De lo demás, nada de nada. Hace tres lustros la primera obligación de cualquier idealista era firmar manifiestos en favor de las causas perdidas que hoy están condenadas al olvido. Se firmaba sin preguntar a quién beneficia, a quien se hacía involuntariamente el juego. Ciertos ideales, si queda alguno, deben permanecer ocultos. Está mal visto apuntarse a empresas sin rentabilidad garantizada. Yo quería mucho a Cuco y aún le quiero. Me dejó una concha del mar Rojo, un premio literario y la pasión por el sur. Él lo llamaba la trampa del exotismo. La atracción que sentimos por lo más ajeno y lo más lejano.

Las causas perdidas

He nacido en los viejos barrios de El Cairo y los amo; lo son todo para mí, como una esposa única.

Naguib Mahfuz, *El callejón de los milagros.*

Al cabo del tiempo supe que Arafat era el padrino de una de las hijas de mi amigo Isam. Fue el primer palestino que conocí en Madrid, nos presentó Cuco en 1970 y, a través de él, de Ibrahim y, sobre todo, de mi amiga Merche, me inicié en el mundo árabe, empezando por el *hummus*, el *tabulé*, los pinchos de cordero, la pasta de carne y yogur envuelta en hojas de parra, el té de menta y los pasteles de miel con almendras. Empiezas por los aromas, sabores y sonidos, y te entra una urgencia por sentarte a la sombra de las pirámides de Gizeh. Mis amigos egipcios prometieron llevarme a El Cairo.

Sé que los turistas europeos no comparten mi fascinación por la ciudad de El Cairo, caótica, destartalada, sucia, ruidosa, anárquica y desconcertantemente hermosa. Mi pasión por El Cairo va más allá de Gamal y Nasser, inestimables amigos para la ocasión; más allá de las necrópolis, los templos, las mezquitas, el Nilo milagroso e incluso de la pirámide de Keops. Es mucho más que el punto de partida para iniciar el crucero por el río. Me gusta, sobre todo, el sol cegador, las callejuelas rebosantes de gente ruidosa, vital, alegre, confiada, la mezcla densa del olor a menta, tomillo, canela, pimienta, cardamomo, azafrán, incienso, mirra, aceites, perfumes, plátanos, dátiles, boniatos asados, panes recién horneados, verduras, fritangas, telas y metales viejos, el cordero con pasas y arroz y los cafetines de Kahn al-Khalili. Salir del mercado con una leve sensación de mareo y varios kilos de morralla. Nada mejor para evitar el vértigo que sentarse en un velador del café Fishawy, con la ilusión de coincidir con Mahfuz y tomar un té con menta, un pastelillo almibarado y atreverte a fumar una pipa de agua, de las que pasan de boca en boca y de mano en mano. Unos metros más allá se producen atascos insólitos de rebaños de cabras, ciclistas, asnos, taxis, vagones de metro, autocares, turismos y peatones, procedentes de todas direcciones, que intentan cruzar al mismo tiempo por el mismo lugar. A pesar de los continuos accidentes, los cairotas no se alteran porque han aprendido a convivir con el caos. Mi amigo Ibrahim, nacido en El Cairo, logró salir de ese agujero negro en el que se convirtió su ciudad y para mantener viva la nostalgia se casó con una suiza y se instaló en una mansión de Ginebra. No le he visto desde entonces.

Sólo en las ciudades árabes vivo el necesario desfase cronológico que me introduce plenamente en la intemporalidad; la mejor manera de gozar de un mundo ajeno y de saber a ciencia cierta el lugar diminuto que cada uno de nosotros ocupamos, no ya en el universo, sino en la tierra. Pero en ninguna he llegado a sentir tanto como en Sanaá, capital de Yemen, el país de Socotora, la isla del Golfo de Aden donde Cerecedo naufragó. Sanaá es una vieja ciudad extendida sobre una llanura a más de dos mil metros sobre el nivel del mar. Fue Cuco el que me habló del *cat*, la droga nacional que mascan los yemeníes durante más de la mitad del día y de la noche, y les proporciona el carácter paciente de la Arabia feliz, pues así bautizaron los viajeros el sur de la península, que limita al norte con el desierto de Rubal-Khali y al oeste con las aguas más transparentes del mar Rojo.

Durante quince días Carmen, Charo, Cuba, Matilde, Beatriz, Antonio, unos cuantos amigos más y yo mantuvimos vivo el espíritu del Yemen. En estas latitudes la amistad consiste en perderse en compañía de otros a quienes no te une más interés que la intemporalidad. Sentirte acompañada en la plácida tarea de perder el tiempo; levantarte cada mañana sabiendo que vas a encontrar amigos benevolentes dispuestos a compartir la nada; emprender una ruta sin destino fijo; participar en la inútil tarea del regateo (un fósil naturalmente falso o una *jambiya* recién hecha por diez dinares); escalar a lo alto de un palacio desde donde se contempla el mismo paisaje visto desde la otra cima; beber juntos un vino infame en el mismo vaso; coger el pescado con las manos; regresar al hotel para prolongar la noche en torno a unos vasos de whisky y una partida de cartas...

La mejor manera de viajar es desprenderse de lo que llena la cabeza, dejarlo todo atrás y llegar vacío al punto de destino. Sólo es posible compartir una misma senda con amigos que viajan más para perderse que para encontrarse a sí mismos. Cuanto más intensas sean las emociones compartidas, nos sentimos obligados a una intimidad total y esa sensación tan fuerte nos une a los amigos por más distintos que sean los respectivos estilos de vida. Las referencias externas estrechan vínculos, derriban prejuicios y crean ese espíritu del que tanto estoy abusando en este libro. Quizá el espíritu del Yemen sólo fue un espejismo, tal vez no es tanto como digo, pero el recuerdo es tan intenso que merece la pena alimentarlo.

Fueron muchos los amigos que a lo largo de la vida alentaron mi pasión por las causas perdidas. Conocí a Ibrahim y quise saber si los egipcios eran como él. Guillermo y Rogelio me invitaron un 26 de julio a presenciar un discurso de Fidel en la Plaza de la Revolución de La Habana y me presentaron en La Bodeguita de Enmedio al mismísimo Carlos Puebla, que me regaló un par de versos escritos en un papel de estraza (reliquia lamentablemente perdida en una de mis últimas mudanzas). Fui al Karlovy Vary porque Mijaela me habló de su ciudad y también de Kafka y de Praga. Una amiga argelina llamada Aziza me hospedó en su casa de Orán, me llevó a conocer el desierto y en un hospital de Medea, donde los chinos de Mao enseñaban medicina por solidaridad proletaria con el FLN, me hizo presenciar una operación de apendicitis sin anestesia. Los chinos habían empleado la técnica de la acupuntura en aquel paciente que no sentía dolor. Me fui de Argelia fascinada por la hospitalidad de mis amigos, enamorada del desierto para la eternidad y llena de asombro por la medicina mágica de los chinos que aún llevaban el uniforme maoísta. Al regresar a Madrid, Luis María Anson me permitió escribirlo en el diario *ABC*, que es donde trabajaba entonces. Me dejó escribir siempre lo que quise, aunque mis textos llevaban una aclaración previa: el periódico no se hace responsable de la opinión de sus colaboradores. En el caso del reportaje sobre el hospital chino de Medea, aclaraba que Mao ejercía una dictadura comunista y por eso colaboraba con los marxistas del FLN que gobernaban Argelia. Lo pasaba bien en *ABC*, el sistema de trabajo me parecía irreprochable y, además, hice tan buenos amigos como Pilar Trenas, que desgraciadamente ya no está. También mi querida Coral y los hermanos Jorge y Ramón, cuya amistad no me ha fallado en toda mi vida.

En Argel coincidí con mi amigo Isam, dirigente de la OLP, que me presentó a Faruk Kadumi y Abu Iyad. Era un tipo inteligente, culto y refinado que había nacido en un pueblecito de Palestina llamado Nablus. Se exilió muy joven y llegó a Madrid con un pasaporte kuwaití, después de haber vivido un tiempo en El Cairo. Cuando le conocí en la Complutense, los dos estudiábamos Políticas, la OLP era una organización semiclandestina, aunque los ministerios de la Gobernación y Exteriores hacían la vista gorda (por lo de la tradicional amistad de Franco con el mundo árabe) y toleraban que Isam fuera el representante palestino en la Liga Árabe, a cuya sede de la calle de Abascal acudíamos todos los días a tomar el aperitivo un reducido grupo de amigos y simpatizantes de la causa palestina.

Entonces mi vida consistía en trabajar por las noches en el *Madrid*, tomar copas y bailar de madrugada, levantarme a eso de las diez para dar una vuelta por la facultad y hacia la una visitar las embajadas de los amigos: agregados de prensa, primeros secretarios e incluso algún embajador. Una ronda por la de Irak, otra por la de Argelia, a veces la de Cuba y al final la Liga Árabe, donde tomábamos un vino, recogíamos a Isam, Merche, Marwan e Ibrahim —antes de que se perdiera en Ginebra—, comíamos en casa de alguien (*hummus*, *tabulé* y arroz), tomábamos un té, después un ron, escuchábamos música de Om Kalsum y charlábamos sobre cualquiera de las causas perdidas: saharauis, palestinos, kurdos, cubanos... o la nuestra.

Isam fue nuestro vínculo de unión durante todo el tiempo que vivió en Madrid. Un día le enviaron a La Habana, luego a México, después a Berlín y tristemente nos perdimos de vista, aunque amigos comunes iban dejando rastro sobre nuestras respectivas vidas, nacimientos de hijos, uniones, separaciones, éxitos, fracasos... hasta que regresó otra vez en 1990, creo recordar, pero ya de embajador de Arafat y padre de familia numerosa. Me invitó a cenar en su casa, en el Conde de Orgaz, casualmente la noche que estalló la guerra del Golfo. Su mujer estaba muy afectada por el reciente asesinato de Abu Iyad, número dos de la OLP, amigo íntimo de la familia, y se pasó la noche pegada al teléfono para lograr que trasladasen el cadáver desde Túnez, donde fue víctima de un misterioso atentado, hasta Jordania. Esa misma tarde, Isam había recibido un telegrama del CESID, en el que Alonso Manglano expresaba el pésame por la muerte del dirigente palestino. Fue el propio Arafat quien telefoneó para hablar de este asunto con Isam y su mujer, y también del inminente ataque estadounidense sobre Bagdad. Poco antes de la medianoche, después de otra llamada, nos dieron la noticia del inicio de la guerra. A las 0:40 hora española vimos por la CNN la operación «Tormenta del desierto» en directo, mientras tomábamos un whisky con aceitunas recién traídas de Belén. «Cuando vuelva a Palestina —me dijo—, te mandaré aceitunas de Nablus; son las más ricas del mundo, aún mejor que éstas.»

Pasaron unos meses y tuve ocasión de comer aquellas aceitunas en Jerusalén. Al regresar del viaje, hablé con Isam por teléfono y prometí que iría a visitarle. Estaba disgustado por mi visita a Israel y por una entrevista «comprensiva» que le había hecho al líder laborista Simon Peres. Decía que me dejaba engañar con facilidad; lo triste es que no hubo tiempo de demostrarle que su desconfianza fue un error, porque Isam murió de un infarto en Madrid, antes de ver realizado un sueño por el que había luchado desde los quince años o quizá desde que tuvo uso de razón. Fue enterrado en Nablus, en tierra palestina, y una semana después de su muerte se firmó la paz, aún no lograda, entre Arafat y Rabin.

La atracción por lo ajeno y lo lejano

Con el extranjero, el inmigrante, el que procede de otros mundos, nos nace espontáneamente un sentimiento de hospitalidad. Es lo habitual, aunque parezca lo contrario, porque la excepción antinatural es la xenofobia y el racismo, el resentimiento hacia el otro, el odio al extraño. En las grandes ciudades las relaciones humanas son muy fragmentadas; no es posible conocer a todos los habitantes con la intimidad que se logra en los pueblos pequeños. A través de las personas que vamos conociendo, con las que iniciamos una relación de amistad, se van edificando nuestros ideales. En toda vida hay una etapa iniciática en la que necesitamos descubrir el mundo en solitario, sin la protección que hemos tenido hasta nuestra primera juventud. En torno a los veinte años nos entran deseos irresistibles de abandonar lo conocido y explorar en lo desconocido; ésa es la etapa más propicia para caer en la trampa del exotismo, de la que algunos no logran salir en toda su vida.

Llega el momento de explorar el mundo lejano, ajeno y desconocido, de la mano de quienes consideramos amigos, gente extraña y nueva, que nos enseña a comer de otro modo, a escuchar música diferente, a llamar a las cosas por otros nombres, a pensar de un modo distinto al nuestro. En esta actividad exploratoria todo son ilusiones y aciertos. Cuando se ha descubierto lo ajeno, sólo algunos lo prefieren a lo propio, pero nunca olvidamos la experiencia de haber pasado por ese afán de conocimiento del «prójimo más lejano». Me lo decía siempre mi amigo el poeta: «A la gente que te enseña no la olvidas jamás.» Con frecuencia cometemos el error de confundir a la persona amable y hospitalaria con el amigo inolvidable, y no suele ser así. Hay gente que nos trata bien por bondad u hospitalidad, sobre todo cuando nos sentimos solos en un ambiente o en un país ajeno; los convertimos en íntimos amigos sin darnos cuenta de que esa confusión sentimental nos puede decepcionar. Un amigo es alguien más que el que se porta bien con nosotros, pero al sentirnos solos sobrevaloramos cualquier detalle afectuoso.

En la trampa del exotismo han caído algunos intelectuales, escritores y artistas célebres, que al poner tanta pasión por lo ajeno y lo lejano llegan a disculpar errores que consideran imperdonables en su propia casa; ven con tolerancia regímenes injustos, corruptos y dictatoriales al tiempo que son estrictos con sus propias democracias; comprender costumbres inhumanas y salvajes, mientras critican el menor indicio de intolerancia en sus respectivos países.

Quienes nos ayudan y nos reciben con afecto en un territorio donde nos movemos con dificultad son nuestros bienhechores y, sin excesiva reflexión, creemos que son benévolos, humanitarios y generosos por naturaleza. Es fácil identificar la amistad con la hospitalidad. A las personas que nos son útiles tendemos a tratarlas amistosamente; es un error confundir los recursos materiales que nos ofrecen con un sentimiento más noble y menos interesado. La amistad puede surgir una vez superada la trampa del exotismo, pero es un trabajo que se realiza por ambas partes, lleva tiempo, esfuerzo y, sobre todo, la demostración de que no se trata de una relación interesada unilateralmente, sino en el mejor de los casos de un interés recíproco.

Fui amiga de quienes aparecen en este capítulo, mucho después de que me prestaran su casa, sus libros y su hospitalidad. La amistad surgió al cabo del tiempo, cuando regresé de nuevo a su territorio y supe valerme sola en un mundo que dejó de ser hostil. No se debe confundir jamás al protector, cuando es una fuente de subsistencia, con el verdadero amigo, que es en realidad compañero y cómplice de nuestros descubrimientos iniciáticos.

Política y amistad

Se pueden encontrar grandes semejanzas entre la bruja antigua y el político moderno… Al uno como a la otra se le atribuyen facultades muy superiores a las que en realidad tienen, son igualmente buscados en un momento de ilusión, defraudan de modo paralelo y en última instancia los males de la sociedad se les atribuyen en bloque.

Julio Caro Baroja, *Las brujas y su mundo.*

Durante un tiempo tuve la certeza de que algunos políticos eran amigos míos. A muchos los conocí durante el franquismo y el hecho de guardar el secreto de un encuentro implicaba el colmo de la lealtad. Las relaciones políticas que manteníamos en la clandestinidad no parecían posibles más que entre buenos amigos. Eso pensaba entonces. Tras las primeras elecciones democráticas nos veíamos en el Parlamento todos los días. Compartíamos copas, dudas, confidencias y estrategias, sentados en los escaños del hemiciclo a los que se podía acceder sin ningún impedimento; los ujieres eran buenos aliados y nadie temía por su seguridad, ni siquiera Santiago Carrillo. En aquellos días de la transición, letrados, ministros, diputados, ujieres, taquígrafos, funcionarios, escoltas y periodistas mantuvimos una insólita amistad que se hizo aún más intensa la noche del 23 de febrero de 1981, cuando Tejero entró en el Congreso y nos obligó a tirarnos por los suelos. Durante unas horas compartimos el miedo, que es un gran estímulo para la complicidad. Estábamos muertos de miedo, todos menos Adolfo Suárez, y dos o tres más.

Lo peor de este oficio —lo he dicho muchas veces— es que te impide vivir más allá del instante en el que suceden las cosas. La historia pasa de forma vertiginosa y apenas hay tiempo de asimilar lo vivido. Nos ocurrió a muchos de los que estuvimos encerrados en el Congreso aquella noche; no pudimos congelar las imágenes y se nos han ido nublando con el tiempo. Por suerte nos queda el famoso vídeo del 23-F. Lo mismo sucede con personajes con los que compartimos conversaciones memorables, confidencias insólitas y vagas promesas de amistad, cuyos nombres se pierden entre viejas agendas en las que aparecen direcciones confidenciales, accesos directos y teléfonos privados que, al final, no lo eran tanto.

El primer chasco me lo llevé a los pocos días de las elecciones del 82, el año del triunfo socialista. Me acerqué a felicitar a uno de los supuestos amigos del Gobierno y, en vez del abrazo habitual, alargó la mano lo más lejos que pudo para impedir cualquier efusividad por mi parte.

—A partir de ahora, tendré que saludarte como a todo el mundo —me dijo.

Y así fue, al menos en lo que a mí respecta. Una decepción premonitoria de gran utilidad para saber de qué materia están hechos la mayoría de los políticos. No ha sido la única. Más de veinte años de supuesta amistad dan para mucho más de un desengaño; traiciones, felonías, falsedades, intrigas, infamias y, en el mejor de los casos, si te he visto no me acuerdo. No obstante, me cuesta admitir que muchas y muchos de los que me llamaban con frecuencia a casa, compartían conmigo sus dudas, sus lecturas y sus momentos de ocio no fueron realmente amigos.

Un caso especial fue el de Paco Fernández Ordóñez, a quien tenía la costumbre de felicitar cada 22 de junio, el día de su cumpleaños. Primero llamaba a su despacho del Ministerio de Hacienda, después al de Justicia, más tarde al de Exteriores y a su casa de Madrid. La última vez se encontraba muy enfermo y hablamos de la situación en Argelia, un asunto que le preocupaba especialmente, y de los sesenta y dos años que cumplía aquel verano del 92, sabiendo que estaba en el fin de su vida. Me pidió que le leyera por teléfono uno de mis artículos recién publicado en el que hablaba de la amistad. Uno de los párrafos venía a decir algo así:

"Felicidades, Paco: Mucho me temo que este año mi felicitación se pierda entre el aluvión de cartas, llamadas, telegramas y elogios que recibirás con motivo de tan venturoso aniversario. No es éste el primer 22 de junio que me acuerdo de ti; lo hago desde que te conocí, en 1977, cuando los dos teníamos quince años menos. Salí especialmente complacida de aquella primera entrevista, cuando Adolfo Suárez te nombró ministro de Hacienda. Fui a verte con la democracia recién estrenada, la resaca electoral del 15-J, fascinada por tu claridad de ideas, tus confidencias y aquella conversación salpicada de citas poéticas, sabrosos chismes y principios políticos que me resultaron sorprendentemente nuevos. Desde entonces prolongamos los encuentros. Después de un tiempo, sin embargo, he podido comprobar que mantienes esa relación 'tan exclusiva' con todos mis colegas. Ha sido un pequeño chasco. Carece de importancia. No creas que me siento desairada al saber que te comparto con una multitud de amigos tan íntimos como yo, a quienes debe de ser agotador tener contentos..."

Interrumpió la lectura para decirme:

—Agradezco tu sinceridad. Pero ¿tanto te he decepcionado?

—No te preocupes, Paco. Lo bueno es que has logrado tenernos a todos contentos, como si fuéramos los únicos y no hubiera apenas nadie más compartiendo tu amistad.

—Lamento tus dudas. Te dije una vez que mis mejores amigos se mantienen ajenos a las cloacas de la política... Ahora estoy como Pío Baroja, ya sólo queda contemplar cómo el fuego consume los leños de la chimenea.

Ya no hablamos más.

Las decepciones posteriores, supongo, habrán sido mutuas. Probablemente, ellos piensan lo mismo de mis colegas y de mí misma que nosotros de ellos. Los principales damnificados por los medios de comunicación —políticos, financieros y estrellas del mundo de la cultura, el arte y el espectáculo— están convencidos de que los periodistas nos despertamos con la obsesión de encontrar nuestra dosis de basura diaria para suministrar un buen titular de primera página. Tenemos una legión de detractores que nos acusan de excitar las bajas pasiones de los lectores, de alentar huelgas, suicidios, divorcios, corrupciones, crímenes, guerras y todos los males de este mundo. Entre nuestros enemigos más notables figura mi admirado Marcel Proust, que consideraba la tarea de leer el periódico todos los días un acto abominable y voluptuoso, porque en esas páginas aparecen cada veinticuatro horas las mayores miserias humanas.

Así como a todo el mundo le complace ser amigo de un médico, porque en general da más de lo que pide, la de periodista es una profesión poco amistosa; se presta a la sospecha, la desconfianza y la traición. Los mismos reproches de codicia y manipulación se le pueden hacer al político; y en caso de comportarse de manera más generosa, corre el peligro de ser acusado de nepotismo o amiguismo. Estoy convencida de que no se deben pedir servicios, dinero o favores materiales a los amigos. Por otra parte, la lealtad es poco frecuente entre políticos y periodistas, terreno propicio para toda clase de infidelidades y traiciones. Nos consideramos mutuamente desleales, ambiciosos, manipuladores, ególatras y demagogos, vicios todos ellos que afectan a los que ostentan cualquier situación de poder por leve que ésta sea. Un viejo conocido que nunca llegó a triunfar me decía que en política se pueden tener amigos siempre que sean de otro partido, porque en el propio hay que estar preparado para evitar el navajazo por la espalda. Los grandes odios están en el interior y uno sólo puede ser traicionado por los suyos. Los rivales no traicionan; se les ve venir de frente.

El político se hace respetar a base de artimañas; depende de su capacidad para embaucar al interlocutor y de la agudeza para engañar a sus rivales. Algunos son excelentes, porque logran mentir de una manera rotunda, sin que se note. Aún no concibo que haya tanta gente dispuesta a perder el tiempo en hacerme creer lo que no es. ¿De qué les vale? Admiro la sinceridad más que la astucia, y ése es otro de los motivos por los que tengo pocos amigos en la política. Existe una desconfianza mutua entre las fuentes de información y los que la transmiten; y continuos resentimientos por falta de delicadeza, equívocos, ambigüedades, tergiversaciones y excesos de celo profesional. Les acusamos de esconder la información, cuando no de mentir con absoluta impudicia; ellos nos reprochan, a su vez, la carencia absoluta de rigor y la manipulación de sus informaciones.

Cuando un político logra traspasar la barrera de la incomprensión y consigue tener «buena prensa», sus colegas se lanzan a degüello. Le sucedió a Paco Ordóñez, aunque le salvó la compasión última por su enfermedad y su muerte prematura. Confidencialmente muchos «amigos» no han podido reprimir su envidia y me preguntaban dónde estaban sus cacareados méritos para convertirlo en un personaje tan paradigmático. Los políticos tienden a ocultar lo que los periodistas queremos saber y terminamos sabiendo. Por eso se da entre nosotros un periodo de incienso mutuo, de adulación fugaz, de fingido respeto que muchos acaban confundiendo con el principio de una buena amistad. Al final, lamentablemente, el afecto respetuoso se convierte en temor o desprecio y la amistad acaba saltando por los aires.

Decía que Paco Ordóñez fue un político con buena prensa, como ahora lo es algún otro al que no me une ninguna amistad. Es motivo suficiente para que les detesten sus colegas, aunque no cometan el error de criticarlos en la plaza pública. El misterio no reside en su carisma o en su talento, sino en que se comportan de manera diferente: siempre están disponibles, a cualquier hora del día o de la noche, no sólo para el superior jerárquico, el presidente o el Rey, sino para cualquiera de nosotros; no por demagogia, sino porque tienen una idea precisa de su oficio: entrega, disponibilidad y servicio público.

La vanidad, de la que todos se aprovechan, me hizo confundir a los que se comportan de forma eficaz y honesta con amigos íntimos. Paco Ordóñez, como tantos con los que compartí el equívoco, más que un íntimo amigo era algo infrecuente: un buen político.

Confusión entre amistad, amiguismo y nepotismo

El amiguismo es una amistad deformada por el interés; un amigo no suele ser socio o cómplice de una irregularidad o de un delito. Los que tienen una idea sectaria de la política defienden el refrán: «Al amigo hasta lo injusto; al enemigo ni lo justo.» Y ese equívoco sentido de la amistad ha llevado a muchos a abrasarse las manos de tanto ponerlas en el fuego; incluso a declarar ante un juez. Se puede ser amigo de un delincuente, siempre que la pasión no lleve a ningunear, ocultar o justificar el delito o cualquier dislate que merezca la condena pública.

A los españoles, en la distancia, nos consideran muy proclives a la chapuza del tráfico de influencias, el amiguismo y el nepotismo, en un grado familiar tan preciso como el del «cuñadísimo». A partir de la Guerra Civil, todos los mandatarios políticos han tenido un cuñado que ha logrado penosa notoriedad, a veces, de manera injusta y arbitraria. La primera impresión del hispanista Gerald Brenan fue deplorable: «Los españoles, carecen de sentido de la equidad; viven conforme a un sistema de clientela o tribu que impone el deber de favorecer a los amigos a costa del Estado y castigar a los adversarios, tal es la primera ley del país lo mismo bajo la República que actualmente.» No era mejor la opinión de uno de los nuestros, el escritor Josep Plá: «En España no hay leyes ni reglamento. Hay amigos, hay favores. Una persona que tiene amigos es un hombre valioso.» Hasta tal punto sigue vigente la impresión de ambos que, según una encuesta reciente, el primer sistema de acceso al mercado laboral se produce a través de los amigos. Es cierto que los cargos públicos se saturan en periodos sucesivos de sevillanos, gallegos, murcianos, leoneses o asturianos, según el lugar de nacimiento del jefe de turno.

También nos resulta difícil todo lo contrario al amiguismo: mantener en sus justos términos la amistad entre adversarios políticos, más aún en el caso de quienes profesan distinta religión y, sobre todo, si tienden al fanatismo o al sectarismo. Aquí la intolerancia tradicional convierte al adversario en enemigo, que se hace irreconciliable cuanto más cercano sea el origen de sus divergencias. Se odian más los socialistas y los comunistas, aunque comparten la ideología de izquierda, que un comunista y un liberal.

El error consiste en anteponer los intereses políticos o las creencias ideológicas por encima del verdadero sentido de la amistad. No hace falta compartir todo lo que cree el otro para ser su amigo. Se necesita, eso sí, tener un profundo sentido de la tolerancia para respetar la libertad ajena. Hay que dejar al otro que sea lo que quiere ser; más aún, ayudarle a que alcance su objetivo. En eso consiste el principio activo de la tolerancia, que contribuye a la amistad y también al amor. Mis mejores amigos, las personas más queridas, me han permitido siempre ser libre, pero me obligaron a ser plenamente lo que soy.

Compañeros de trabajo

Cuando uno no está demasiado seguro de nada, lo mejor es crearse deberes a manera de flotadores.

Julio Cortázar, *El perseguidor.*

Todos los jueves de cada semana, desde hace diecinueve años, nos reunimos a almorzar un grupo de colegas en torno a un invitado. En el Grupo Crónica nunca se establecieron reglas, condiciones, presupuesto, presidente o burocracia alguna que garantizase su buen funcionamiento. Hay normas no escritas tales como que Antonio suele sentarse frente al invitado, Pilar a su derecha y yo a su izquierda, pero nadie protesta si se altera el paisaje. Pagamos la cuenta del almuerzo en presencia del invitado y aunque parezca una descortesía no es más que un pequeño gesto de independencia.

En los inicios, algo más protocolarios, Antonio tomaba la palabra y hacía la siguiente presentación: «Somos un grupo de amigos que no representamos a nuestros medios...» Y después de garantizar al invitado que en este grupo jamás se había traicionado un *off the record*—lo cual es un auténtico milagro—, nos iba presentando uno a uno. Al cabo de un tiempo, cuando repetía lo del «grupo de amigos», se producían risas sarcásticas por parte de algunos agraviados en cuestiones de amistad, incluso claramente adversarios o enemigos. Hubo que suspender la presentación que, con el paso de los años, se fue haciendo innecesaria pues todos éramos conocidos en determinados ámbitos.

Es evidente que aquello no era un grupo de amigos. Algunos estamos en las antípodas vitales e ideológicas y, sin embargo, se ha establecido una insólita coexistencia pacífica que, en algunos casos, es más sólida que la amistad. Al principio manteníamos las distancias, al menos en mi caso, tal vez por falta de sintonía ideológica, cuando precisamente nos dedicamos a la información política. Sé que alguno de los Crónica harían por mí más que muchos de los que se llaman amigos. Ignoro qué clase de relación se ha establecido entre nosotros a lo largo de dieciocho años de roces —nunca mejor dicho—, no sé si somos más o menos que amigos, colegas o simples compañeros de trabajo unidos por un interés común. En cualquier caso, la permanencia del grupo es un prodigio inexplicable, que responde a algo más sólido que la rutina.

Tal vez la unión se ha ido consolidando a base de compartir experiencias muy notables, pues fuimos testigos directos de los múltiples sobresaltos históricos ocurridos en estos diecinueve años de agitada democracia. Compartimos mantel con presidentes, ministros, banqueros, obispos, cardenales, editores, empresarios y también algunos prófugos y delincuentes convictos. Ninguno dejó de dar su testimonio sobre conspiraciones, golpes militares, operaciones antiterroristas, montajes financieros, crisis gubernamentales, guerras y pactos.

El caso es que ese ritual establecido en torno a una mesa alargada y un invitado confidencial da para muchas cábalas. Aún queda tiempo para sacar conclusiones; sin embargo, quisiera dejar testimonio de que el trabajo no consiste sólo en ganarse el pan con el sudor de la frente, también es la búsqueda de un comportamiento, un hallazgo social y, sobre todo, una forma de hacer amigos. Por eso es tan sabio el consejo de Cortázar: «Lo mejor es crearse deberes a manera de flotadores.» El trabajo, a veces, se convierte en una terapia contra los males del aislamiento y la soledad. Y cuando permite conocer gente extraordinaria es muy parecido a un privilegio.

Me queda un placer: descolgar un teléfono y encontrar amigos en el semanario donde he trabajado durante tantos años, en los informativos de una televisión, en el estudio de una emisora de radio, en el periódico que leo todos los días, en el fin del mundo donde siempre habrá algún corresponsal. A muchos los he perdido de vista y otros me han perdido a mí, pero a través de esa tupida red todavía tengo acceso a los latidos de este mundo.

Amigos clandestinos

Y al fin reina el silencio.
Pues siempre, aun sin quererlo,
guardamos un secreto.

Gabriel Celaya,
Buenos días, buenas noches.

Tengo tres amigos clandestinos desde hace tanto tiempo que parece una eternidad. No quiere decir que sean furtivos ni ilegales; se trata de amigos reservados, en el sentido de que me desagrada compartirlos con alguien más. Siempre nos vemos a solas, excepto en cierta ocasión que se reunieron en un lugar donde yo les convoqué entre una multitud de personajes. No cruzaron una sola palabra. Se respetan porque poseen talento y méritos profesionales reconocidos, pero ni se quieren ni se admiran, a pesar de que se trata de tres personajes poderosos en sus respectivos territorios. Me precio de conocerlos bien pues no pretenden ocultarme sus defectos o hacerme creer en virtudes de las que carecen y, sobre todo, presumo de su confianza. Puedo confiar en ellos con los ojos cerrados; jamás han traicionado mis confidencias ni yo las suyas, más valiosas que las mías. Mantener tanto secreto es una prueba de amistad. Si algunos conocieran nuestras vidas cruzadas acabarían con ellas, se meterían en medio para alterar la confidencialidad, y ésa es la razón por la que oculto la identidad de quienes son tres de mis mejores amigos.

El principio de Arquímedes

¿Sabrás mejor quién era,
por el nombre, el secreto último de quien te precedió?
Tan sólo un hombre.

Salvador Espríu, *Cementiri de Sinera.*

Me esfuerzo por ser puntual y lo soy, pero él siempre llega antes para regañarme. Hace tres o cuatro meses que no nos vemos. Está sentado con cara de pocos amigos en el mismo rincón del restaurante que siempre reservo yo, porque le molesta buscar el número de teléfono, preguntar por Nekane y decir su nombre: «La mesa de siempre, por favor, a las dos y media, muchas gracias.» No es amable, odia el protocolo, no tolera halagos ni críticas, detesta dar las gracias y pedir las cosas por favor, en realidad es brusco y antipático, exige que el restaurante esté a mitad de camino entre su casa y la mía, tampoco le gusta demostrar demasiado empeño en verme; si quiero, bien, y si no, pues nada. Pueden pasar tres meses más hablando por teléfono, sólo los días laborables, porque nuestras costumbres no coinciden los fines de semana.

Está de mal humor. Hace un cuarto de hora que me espera y ha tenido que saludar a dos o tres tipos que le disgustan. Lleva una camisa azul pálido de algodón y lino, la chaqueta de cachemir gris oscuro, los pantalones Docker´s de color beige sin pinzas y los mocasines Timberland. Hace un montón de años que se viste con la misma discreción. En raras ocasiones se pone una corbata de lana de un solo color. Acaba de regresar de Cuba. Ha coincidido con el viaje del Papa.

—Tómate un whisky y unas croquetas, y para compensar pide sólo un plato, que luego te quejas de gorda.

Al comienzo de la conversación suele ser así de agrio, a la media hora baja la guardia, pone algo más de su parte y al fin se relaja y nos reímos a carcajadas.

—No quiero whisky —le digo—, prefiero un *dry* Martini.

—No empieces así, que luego te pones muy pesada. ¿Por qué llegas tarde?

La gente que nos conoce desde hace mucho tiempo está segura de que entre nosotros existe algo más que una buena amistad. No me importa que nos crean amantes. A él, desde luego, le divierte, y si viene al caso fomenta el equívoco.

—¿Cómo vas con el libro?

—Mal —le contesto.

—No quiero oír ni un solo gemido; no tienes derecho a quejarte.

—Tú tampoco y te quejas sin parar. Quiero que lo

leas antes de entregarlo. La semana que viene te paso todo lo que tengo escrito.

—La semana que viene me voy a Hong Kong.

—Pero si acabas de llegar. ¿Por qué te vas otra vez? —le pregunto.

—Asuntos míos. Paso por Delhi, ¿quieres un collar?

—No, quiero una pulsera de cordel de plata, como las que vende el indio del bazar de las alfombras, el que está en el Fuerte Rojo a la derecha según entras por la puerta grande. ¿Sabes cuál te digo?

—Sí, te traeré la pulsera, pero no pidas más.

—Eres muy amable, Raúl, da gusto tener un amigo tan atento y generoso. ¿Cómo has dejado a la gente en Cuba después de lo del Papa?

—Allí se quedó, «sintiente», que diría Zubiri o tu amigo el de las rosas.

—No te metas con mi amigo el de las rosas, tú también dices muchas tonterías. Para tu satisfacción, el que pasa por malos momentos es el historiador; el último libro ha sido un fracaso.

—Te lo advertí, es un imbécil; os lo advertí a todos, que el académico no vale un carajo.

—Claro —le digo—, los que os sentáis en la puerta a ver pasar el cadáver del enemigo acabáis viéndolo. Te quedas ahí mirando hasta que el tiempo te da la razón. Así es fácil acertar. Siempre hay un momento malo en la vida de cualquiera.

—No es verdad, a veces estoy distraído y me lo pierdo.

Sentadas las bases de su pesimismo infinito, una vez reiterada su habitual descortesía que tanto le estimula y le protege, Raúl se afloja y se convierte al fin en la persona más lúcida, penetrante, sagaz, perspicaz, clarividente y divertida que conozco. Para disfrutar de ese momento inestimable tienes que ser paciente, esperar un buen rato, encajar dos o tres groserías y demostrar que le conoces bien, le soportas, le admiras, le quieres y por eso es tu amigo.

—No es un idiota —rectifica—, es un hombre lúcido, pero desplaza más de lo que pesa.

—¿Y eso qué quiere decir?

—Conoces el principio de Arquímedes: todo cuerpo sumergido en un fluido pierde una parte de su peso igual al del volumen que desaloja. Pues bien, me molesta mucho la gente que desaloja más de lo que pesa. Ya sabes que los impostores se ocultan tras la oscuridad de la filosofía. Además, es muy difícil superar la prueba del doctor *honoris causa*; prácticamente todos sucumben.

—Entonces tú tienes mucho mérito —le respondo—, porque llevas treinta años inalterable.

—No te pongas tonta y no eches cuentas, que no hace tantos años que nos conocemos. Ya sabes que odio la nostalgia.

—No sabía que odiabas a Proust.

—Proust no tiene un gramo de nostalgia; es pura melancolía. Adoro la melancolía.

—Quiero que me hables de La Habana —insisto.

—Después del Papa, la Iglesia en Cuba se ha convertido en el partido de la oposición. Ya tienen locales donde reunirse; en las iglesias pueden hablar y los más fieles conspiran en las sacristías. Tampoco es malo. Fidel estaba solo en el mundo y ahora tiene un íntimo amigo que es el Papa. Son dos abuelos que se llevan bien, porque predican un imposible y prometen algo irreal. Se han quedado con un teléfono rojo por el que van a hablar todo el tiempo hasta que se mueran. Están a punto; no sé cuál de los dos será el primero. Fidel se siente agradecido al Papa, porque es el único que puede parar a los facinerosos de Miami. Te invito a otro *dry* Martini.

—Llama al camarero, por favor.

—Oye —le grita—, ven para acá, tráele otro de éstos a la alcohólica y a mí me pones un aguardiente, pero que sea mejor que esa mierda del otro día.

—Sí, señor.

—¡Qué mal carácter tienes, Raúl, podías ser un poco más amable! —es lo único que me atrevo a decir.

En este momento, sin embargo, me gustaría mandarle a la mierda, levantarme de la mesa y despedirme, ¡ahí te quedas, psicópata! No soporto que la gente maltrate a los camareros, ni a los tenderos, ni a los porteros, ni siquiera a los guardias de tráfico cuando te ponen la multa. Me espanta la agresión verbal, la prepotencia, el pesimismo crónico, el mal humor, el gesto adusto, la falta de ternura. ¿Qué me puede gustar de Raúl? Me gusta que haga esfuerzos por ser diferente conmigo y, a veces, incluso consiga ser amable y generoso. Y su sabiduría, me deslumbra su talento creador. Me halaga saber que le importo mucho, se divierte conmigo y me cuenta intimidades que no le cuenta a nadie más. Nuestra amistad se mantiene vigorosa por esa inclinación que los dos tenemos hacia lo secreto. Guardamos asuntos comunes amistosamente compartidos que nos producen emociones ocultas. Sólo yo sé lo mucho que detesta a sus más admirados colegas; el desprecio que siente por su insigne obra colmada de reconocimientos, premios y laureles; e incluso el rechazo de su propio cuerpo que empieza a deformarse. No nos decimos nunca lo mucho que nos queremos, porque a los amigos de verdad les abruman los excesos verbales y la palabrería grandilocuente que se derrocha en las otras relaciones amorosas. El pudor nos impide decir te amo, qué listo eres y qué bien estoy contigo.

Secretos a gritos

El secreto de la felicidad es éste: que tus intereses sean lo más amplios posible y que tus reacciones hacia cosas y personas interesantes sean amistosas en vez de hostiles.

Bertrand Russell,
La conquista de la felicidad.

Ramón J. me confesó hace tiempo que no le interesa el poder político porque complica las relaciones con los amigos, y tampoco busca el dinero porque tiene fortuna suficiente para vivir bien durante largos años. Si no confiase en su palabra diría que son éstas las únicas razones que le mantienen encerrado en este despacho desde el que tiene línea directa con los hombres más influyentes de la tierra, desde Tokio a Washington, pasando por Bonn y Caracas.

Sobre el poder existe mucha y buena literatura; hay una definición más interesante que la del dominio o la fuerza, y es la que equipara al poderoso con quien dispone de facilidad, tiempo o lugar para hacer lo que le venga en gana. Ésa es la clase de poder que a mi amigo Ramón J. le gusta. Le piden más consejos que dinero, sabe dar órdenes que es capaz de cumplir mejor que nadie, tiene autoridad por sí mismo y no por lo que representa y la gente a la que manda le obedece pero le respeta al mismo tiempo. Lo que más me atrae de este influyente personaje al que quiero, por muy lejos que me sienta de su entorno, es su afán por conservar a algún amigo que a simple vista no le sirve para nada, como es mi caso.

Ramón J. comparte mi teoría sobre las mentiras vitales y contribuye siempre a elevarme la moral. Dice que valora mi intuición, mi ojo clínico, mi olfato periodístico y mi tacto para las relaciones, además de tener eso que llaman el sexto sentido; un singular instinto para encontrar cosas antes que los otros y con menos recursos. Probablemente nuestra amistad se alimenta de las adulaciones que fortalecen en cada encuentro nuestras mutuas vanidades. El talento de este hombre, cuyas conversaciones me divierten tanto, consiste en descifrar los mensajes todavía no emitidos y en prever las consecuencias de los hechos que aún no han sucedido. Ya sé que no es un mago ni un gurú, pero cuando entro en su despacho tengo la seguridad de que es la única persona en el mundo capaz de resolverme un problema insoluble. Lo ha hecho más de una vez. Además de inteligente y poderoso, está en posesión de los secretos mejor guardados, y tiene la deferencia de compartirlos conmigo, lo cual me convierte, a veces, en una de las cien personas más enteradas del país.

—El jefe acaba de estar con el cardenal y le ha dicho que no quiere oficiar misa por ninguno más. Dice que su corazón le pide ir, pero sus compañeros de diócesis se lo desaconsejan. ¡Menudo pájaro! ¿Sabes cuánto les cuesta la seguridad de esta gente?

Le respondo que ni lo sé ni me importa. Me pregunto para qué quiero tanta información si le saco tan poco provecho. Tengo la cabeza llena de chismes, cotilleos y rumores, no me cabe ni uno más. Sólo tengo curiosidad por una cosa. ¿Le habrán ofrecido el cargo que circula por ahí? ¿Y si se lo pregunto? Me dirá lo mismo de siempre: «A la cumbre sólo llegan las águilas y los reptiles, y yo no soy ni una cosa ni la otra. Lo que pasa es que en ese despacho el poder es demasiado intangible y quiero abarcar más. El poder es como los animales fieros, que sólo se poseen mientras están enjaulados. Eso es así, exactamente, el poder se tiene durante un tiempo y un espacio.» ¿Qué crees que nos pasa al resto de los mortales? La miseria, a veces, corrompe más que el poder. Cada uno es libre de escoger su propia perdición.

—¿Es cierto que te van a nombrar...?

—¡No dices que estás harta de chismes, rumores y cotilleos!

—Cierto.

—Pues te quedas sin saberlo.

El jardinero

Las cosas pertenecen a quien sabe gozar de ellas.

André Gide, *Si la semilla no muere...*

De todos los amigos cuyas vidas conozco lo suficiente, el que más envidia me produce es Álvaro, al que considero un auténtico hedonista en el sentido más preciso del término. No trata de buscar placeres carnales y paganos —a lo mejor también, pero yo no lo sé—, sino el gozo que proporciona la inteligencia de los sentidos. Se necesita talento y cierta madurez para saber gozar sólo de lo que nos envuelve: los olores, la ternura, el fuego, el mar y las estrellas. Mi amigo Álvaro está rodeado de su propia naturaleza. Puede gozar de lo que posee, porque posee mucho, pero su mayor fuente de placer no la encuentra en objetos, paisajes o seres maravillosos, sino en su estado interior y en la satisfacción que le proporciona el conocimiento. Álvaro tiene una actitud receptiva, gran calma interior, y en caso de necesidad se bebe media botella de *bourbon* o se toma un exquisito *foie* con un buen Sauternes para gozar más de la vida. Falta por saber en qué medida sus riquezas materiales han contribuido a su felicidad interior. Si el haber nacido rico le ha hecho más fácil encontrar el equilibrio y disfrutar de los placeres más sencillos, porque los lujos superfluos le venían dados por herencia. Soy amiga de gente con más dinero y propiedades que Álvaro y, sin embargo, no tienen cabeza para disfrutarlos.

Además de hedonista es alegre y buena persona, lo cual me parece el colmo de la sabiduría. Decía Nietzsche que las personas alegres son buenas y la bondad es una manifestación inequívoca de la inteligencia. Siempre está contento porque tiene demasiadas ganas de vivir y, sobre todo, porque parece dotado de un radar que capta todo lo que vale la pena: una buena charla, el olor del jazmín, un ensayo de Montaigne, un poema de Rilke, una sonata de Bach o las alcachofas de su huerta. Su alegría es contagiosa, por eso disfruto tanto de ese microcosmos que le aísla sólo en apariencia, porque está conectado con el resto del planeta y supongo que con muchas estrellas. Él me enseñó que una de nuestras contradicciones más graves es que nos educan a vivir en el presente y nos hacen sentir el futuro como una enfermedad. Estamos hechos para disfrutar, detener el tiempo y recrearnos en placeres pequeños y humildes, pero nos meten en la cabeza ideas grandilocuentes y un falso sentido de la trascendencia que nos hace saltar por encima de las cosas que realmente amamos. Nuestro orden de prioridades es un caos: preferimos la historia a la vida y ésa es una fuente inagotable de problemas.

En el tiempo que nos conocemos —no excesivo, a pesar de lo sólida que es nuestra amistad— hemos hablado de lo divino casi tanto como de lo humano. En el apartado de lo divino incluyo la poesía. En una charla insólita —no sería capaz de mantenerla con casi nadie— le preguntaba cuestiones elementales, en el límite de la ramplonería más pedestre, pero él, como siempre, daba respuestas que elevaban la conversación.

—No entiendo cómo después de San Juan de la Cruz, Rilke, Whitman, Neruda, Machado y tantos otros, sigan existiendo poetas profesionales.

—Yo tampoco entendería que el poeta fuese un profesional como otro cualquiera —me respondió—. La poesía es una condición, una manera de ver el mundo, pero nunca será una profesión.

—¿Para qué sirven los poetas en estos tiempos?

—En tiempos de necesidad, los poetas nos pueden salvar de la opresión, nos dan libertad y, en definitiva, nos ayudan a respirar. Necesitamos que los poetas rehabiliten el mundo; que amen, alaben, elogien lo que nos rodea, como decía Rilke, de tal manera que las mismas cosas jamás pensaron que llegarían a ser dichas así. Su gran tarea es dar sentido a las cosas. Cuando ellos mencionan las palabras del lenguaje común, las refinan de tal modo que se vuelven permanentes.

—¿Te acuerdas de algún poema de uno de tus contemporáneos?

—Me acuerdo de muchos poemas de gente muy cercana a mí. Quiero que sepas que el paso del tiempo va borrando el recuerdo de todos los instantes de placer y de dolor que has tenido a lo largo de tu vida. Lo que nunca olvidas, sin embargo, son los momentos en los que has aprendido a valorar las cosas. No hay sensación más fascinante que cuando te haces consciente de algo. No olvidarás jamás al maestro del colegio que te enseñó a tener confianza en ti misma. Ni a tu madre que te enseñó a percibir el mundo que te rodea. Ni a un amigo que te enseñó a descubrir algo nuevo de ti mismo. Si no hubiera sido por estas personas, piensa qué sería de ti. A la gente que te enseña no la olvidas jamás. Por eso, los poetas, cuando dan valor y sentido a las palabras, jamás se olvidan. Ése es el motivo por el cual los poemas se aprenden para siempre.

Desde que le conozco sólo ambiciono tener más calma y menos dinero; más tiempo y menos muebles. Si logro montar mi propio jardín en este lugar donde llevo encerrada tanto tiempo, se lo agradeceré eternamente. A él se lo debo.

¿Es posible la verdadera amistad entre un hombre y una mujer?

Una abrumadora mayoría opina que sí, sobre todo si se pregunta entre las mujeres, porque en su caso es más fácil mantener una «amistad heterosexual»; quiero decir que en esto también existe más deseo que realidad. A las mujeres les gusta, están más necesitadas, les complace más que a los hombres mantener «tan sólo una buena amistad» con ellos. Mientras que en el caso contrario no existe la necesidad. No en vano la mujer inventó el *chevalier servant*, el galán en el que confía y le acompaña.

La mayoría de los hombres, excepto si han tenido una relación amorosa previa o si han entrado de lleno en la madurez, no sienten deseos de ser únicamente amigos de una mujer. Para que la relación les compense necesitan algo más que charla, confidencia o compañía; piden, al menos, una amistad erotizada. Depende, además, de la edad. En ciertas etapas de la vida, la amistad entre un hombre y una mujer no pasa de ser una utopía o el deseo de un bien inalcanzable.

Algunos autores, como Pedro Laín Entralgo, precisan los términos hasta distinguir entre el erotismo amistoso (aquel en el que la verdadera amistad es su meta, haya o no enamoramiento) y la amistad erotizada (aquella en que, sin mutuo enamoramiento, el erotismo no pasa de ser simple expresión). Para la mayoría de las personas, la verdadera amistad es siempre más profunda, última y fundamental que un simple devaneo erótico por mucho que éste se prolongue en el tiempo. Julián Marías es aún más categórico al distinguir la amistad que se establece entre un hombre y una mujer como la más sublime: «Contra la opinión dominante, la amistad intersexual es para mí la más importante y precisamente aquella en que los caracteres esenciales se pueden dar con más plenitud; es decir, la amistad entre hombre y mujer es la culminación de la amistad.»

Casi nunca lo percibo así; sólo en raras ocasiones un hombre y una mujer llegan a ser verdaderos amigos en el sentido más profundo. La mayoría de las veces un hombre y una mujer reprimen el eros o lo subliman, aunque no suponga un esfuerzo titánico o lo hagan con mayor o menor convicción, por necesidad o por respeto y, sobre todo, porque si manifiestan sus impulsos sexuales perderían al otro de forma definitiva.

Lo habitual es que la amistad común entre un hombre y una mujer carezca de la suficiente naturalidad, es decir, que sea una falsa amistad. Cuando es auténtica se produce el milagro de mirarse abierta y limpiamente a los ojos, de sublimar el deseo sexual que inevitablemente puede reaparecer en un momento de esplendor por parte de cualquiera de los dos. Incluso si ese instante es muy álgido, ni siquiera hay necesidad de sublimarlo, porque la amistad no es fácil que se altere. Es posible alcanzar este objetivo en plena madurez vital, para lo cual se necesita llegar a cierta edad, aunque no sea del todo imprescindible, cuando se empiezan a distinguir las buenas de las malas amistades, lo útil de lo inútil, lo superfluo de lo necesario.

No hay duda de que en la edad madura también puede surgir entre amigos la chispa del amor tardío, pero en caso de poner en peligro la amistad, se sopesan más las razones y el autocontrol requiere menores esfuerzos que en otras épocas más impulsivas, ardientes y vigorosas. Cuando la mujer y el hombre maduros alteran su amistad con episodios eróticos suele ser por voluntad decidida, y no por incontinencia. La cosa se agrava con los años. Al entrar en la vejez hay quienes no se resignan y establecen una extraña relación entre la senectud y el sexo, como si no quisieran dar por finalizada esa actividad que ha ocupado la mayor parte de su vida. Más entre los viejos que entre las viejas, se da el caso de la erotización artificial, la falsa apariencia de deseo sexual que les lleva a buscar amigos o parejas más jóvenes que ellos. En ese caso la amistad se complica, pues a las dificultades que existen entre un hombre y una mujer se une la diferencia de edad y, por tanto, de generación, de vivencias, de costumbres, de deseos compartidos. Se añade, además, la relación jerárquica que siempre lleva consigo el respeto que merecen los excesivos años de diferencia. De todos modos, lo que distingue en primer término a la amistad del resto de los sentimientos hacia los demás es su carácter altruista y sincero; no es verdadero amigo el que se tiene por interés, conveniencia, ventaja o provecho. Cuando hablamos de amistad siempre estamos pensando en la utopía, en algo que generalmente no se logra, el lugar que no existe, el proyecto inalcanzable a pesar de lo cual se persigue.

Es curioso lo que demuestran en este sentido las encuestas. Ya sé que responder a un encuestador no compromete a nada, pero no deja de ser orientativo cuando muchas personas contestan lo mismo. La amistad entre hombres y mujeres se da más en medios profesionales que hacen posible el primer encuentro. Cuanto más liberal sea la profesión, más fácil resulta la relación. Es frecuente en ambientes artísticos y literarios; y lo es todavía más cuanto más jóvenes, modernos y activos se consideren. Pero los sondeos no son más que eso, y muchas veces se pierden al analizar la profundidad de los hechos. Lo que evidencian es que la amistad entre un hombre y una mujer tiene buena imagen, pues la mayoría de la gente no sólo la considera posible, sino también deseable. Otra cosa es que en la práctica se desvirtúe por el uso indebido y las relaciones se conviertan en algo más que una amistad o, en caso de no ser posible, se rompan.

La amistad de las mujeres

A LUCÍA

Tengo en mi favor la gran suerte de soñar siempre que duermo y de que mis sueños siempre sean hermosos.

Isak Dinesen, *Sombras en la hierba.*

La casa de Tarancón tiene el escudo de los Alonso en el frontispicio y está situada en el paseo central que desemboca en la estación de trenes. Había una hilera de olmos a cada lado de la calzada; los recuerdo imponentes, con una gran copa que da una sombra gigante en verano y llenos de florecillas rojas al final del invierno. Tu padre me dijo que con la madera de aquellos olmos se hacían los ataúdes y las vigas de las casas antiguas. Alguien me contó, hace años, que fueron víctimas de la enfermedad «holandesa» y hubo que talarlos.

No llevo la cuenta del tiempo que he pasado allí; fuera mucho o poco, ha tenido que ser muy intenso. Mis sueños más notables eligen siempre el mismo escenario. El cuarto de la chimenea con un enorme sillón de orejas donde está sentada una mujer con los ojos azules y el pelo gris, rodeada de gatos blancos y negros. La mesa redonda para jugar a las cartas aparece llena de milhojas, merengues, rusos, borrachos, enormes pasteles cremosos. El piano, medio abandonado en una esquina del recibidor, sigue abierto con una partitura de Chopin y otro gato negro plantado en lo alto. La huerta de atrás con la higuera, el cerezo, el melocotonero y las bicicletas rotas. Las camas de caoba, altas y frías, con sábanas bordadas y montones de almohadas para que los niños hicieran sus guerras nocturnas. El suelo blanco y negro de mármol como un tablero de ajedrez, como los gatos, como el anillo que te traje del primer viaje que hice a un país africano y que apenas te pusiste. Los fogones de la cocina con las paredes de mosaico rojo cortado por una cenefa de cerámica a medio camino del suelo y la alacena de madera de pino enmarcada por los vasares cubiertos de encajes bordados a mano. Ahora me dirás que nada era tal como lo cuento, que lo único cierto es lo del piano y, eso sí, lo de los gatos; las familias numerosas de gatos que se instalaban en la casa y a tu madre le gustaban tanto. Tampoco será cierto que nos levantábamos tarde para desayunar migas con uvas y chocolate, después jugábamos al continental en la mesa grande y redonda con tus hermanos y los amigos fijos que estaban siempre en aquel cuarto de la chimenea, y antes del almuerzo tomábamos patatas y aceitunas con vermú; entre tú y yo nos bebíamos una botella entera y pasábamos el resto del día con una modorra muy agradable. Tu hermana María estaba en la selva, pero venía a vernos de vez en cuando. Digo «vernos» porque en aquellos días nos llamábamos hermanas, para darle un grado más a la amistad. Todas las cartas y postales de entonces empezaban con el «querida hermana»; nos parecía más fuerte que el «querida amiga».

María nunca nos explicó las razones que le hicieron huir tan joven de casa. Se fue a Guatemala, sin más, antes de cumplir los veinte años, y se instaló cerca de Antigua y el lago Atitlán, en una comunidad de indios mayas de Chimaltenango. Decía que era el lugar más hermoso del mundo y seguro que tiene razón. Estaba subida en un árbol el día que conoció al jefe de la misión, un cura antropólogo americano con el que intercambió unas cuantas frases en español. Se hicieron tan amigos, que aquel hombre excepcional abandonó la teología de la liberación y se casó con María.

Tu familia tuvo siempre un toque extravagante. Todo era un poco insólito: la bondad de tu hermano, las rarezas de tu padre, los golpes genialoides de tu madre, la originalidad de tu hermana y tu eterno letargo de gata subversiva. Lo único que lamento, después de todo, es no haber visitado los lugares idílicos a los que nos invitó María. Qué poco sentido práctico. Qué derroche. Cuántos instantes de felicidad perdidos. Tengo una inmensa colección de fotografías en las que siempre aparecéis María, tú y el resto de amigos íntimos que hemos compartido a lo largo de la vida. En la piscina de tía Nena hace más de treinta años, con Silvia, Alex, Chus, Diego, María, Balta, Foqui, Rafa, Gustavo y Pizarro. En otra estamos tú y yo en la puerta de la cabina de teléfonos londinense. En el estudio de Orellana, todos en torno a ti, que apareces sentada y tienes sobre las rodillas el cuadro de Sorolla que te regaló María Teresa; los mismos de siempre y las nuevas adhesiones por tu parte y por la mía: Jaime, Miguel, Luis Felipe y sus hermanos, Jesús, Alicia y Negus, Polo y Belén, Pepe y Pepa. Los mismos otra vez, más Jula y Jude, en el Viejo Almacén de Buenos Aires. Las de El Cairo, Menorca y, por fin, las de Vera que son tomas infinitas de los últimos quince años de nuestra vida, a la que fuimos incorporando a Rosario y Pedro, Mila y Joaquín, Manolo y Carmen, Elena y Pablo, Carmen y Lauren. Otros muchos pasaron fugazmente, pero no quisieron volver a las sesiones de diapositivas con daiquiri celebradas ritualmente en Madrid todos los meses de noviembre. Se acabaron los ritos, las fiestas y las cajas de mariposas que Sara y Pablo me regalaban cada noviembre y colgábamos en la habitación con el temor de que al cabo del tiempo no quedara un solo hueco en la pared. Pero las cosas se acaban siempre antes de tiempo y te advierto que, a veces, si sabes que no van bien, es mejor dejarlas a la mitad. Cuando no hay salida suele aparecer un imprevisto que nos salva a nosotros mismos y a los demás. Me gustaría no tener que abandonar nunca nada de lo que he elegido; nada ni nadie, pero eso es imposible. De todos modos, antes de abandonar, prefiero ser yo la abandonada. Aún podemos volver a las diapositivas con daiquiri.

A Rosa

Nunca nos damos cuenta, pero en cada uno de nosotros hay un gesto, uno solo, que nos define tan exactamente como una rúbrica o como una huella digital.

Antonio Muñoz Molina, *Ardor guerrero.*

No sé si te acuerdas de aquella noche en Bagdad, cuando me llamaste por teléfono desde tu habitación para decirme que el funcionario, el policía, había intentado violarte. Ya entonces existía entre nosotras una amistad más profunda de la que existía entre el resto de la delegación. Oí sonar los dos timbres al mismo tiempo, descolgué el teléfono y te dije:

—Espera un segundo, Rosa, están llamando a la puerta —y dejé el auricular tirado sobre la cama y a ella con la palabra en la boca, pues seguía hablando a pesar de que ya no podía escucharla.

Abrí sin preguntar quién era, en contra de las estrictas normas que nos dieron al llegar al aeropuerto de Bagdad, pero me tranquilizó la presencia de Mahmud, el guía iraquí asignado por el Ministerio del Interior para proteger a la delegación de españolas que asistíamos a la Cumbre de Mujeres de los Países no Alineados.

—Buenas noches, perdone que le moleste, si me permite, quiero hablar con usted —me dijo el policía en un excelente español, cerrando la puerta muy decidido.

—Pase, pase —respondí confiada, mientras volvía al teléfono para atender a Rosa—. Rosa, ¿qué me decías? Estaba abriendo la puerta a Mahmud...

No había nadie al otro lado del auricular. «Ya volverá a llamar», pensé. Mientras, el guía avanzaba hasta la terraza y miraba embelesado hacia el cielo.

—Mire, venga un momento, por favor, le quiero mostrar una cosa.

Y, yo, idiota de mí, me acerqué.

—¿Qué cosa? —le pregunté con mi cara de idiota.

—¿No ha oído hablar de la luna de Bagdad, de las mil y una noches, del Tigris y el Éufrates?

—Claro que sí —respondí con una arrogancia totalmente estúpida—, conozco bastante bien la historia de su país y...

—¿Sabe exactamente dónde está situado el paraíso terrenal? —me interrumpió bruscamente.

Cuando estaba dispuesta a contestarle, apartó la mirada del firmamento y, antes de que pudiera reaccionar, se lanzó sobre mí, me abrazó con fuerza e intentó besarme, mientras balbuceaba:

—¡No grites! ¡No grites! Eres una mujer muy hermosa.

No pensaba gritar, sólo quería demostrarle mi más absoluto desprecio, mi repugnancia, estaba dispuesta a pegarle, a coger la pistola que llevaba en el cinto y disparar al aire o a un pie o donde fuera preciso. Esa noche le denunciaría en el partido, en la cumbre de mujeres, en la policía, iría a la embajada, lo publicaría, se iba a enterar hasta Sadam Hussein. Acosar así a una mujer, precisamente en estas circunstancias. ¡Semejante tipejo, qué asco! Y pensar que la culpa era mía… exclusivamente mía. Es lo que siempre piensa una mujer. Quién me mandaría abrir la puerta, la culpa es mía, la culpa es nuestra desde la eternidad, y precisamente tenía que pasarme aquí, en el paraíso terrenal, en el jardín del Edén.

Pero aquel tipejo apretaba cada vez más y me estaba inmovilizando y el asco se convertía en una opresión insoportable. Me ahogaba, era muy fuerte, me dominaba, yo era más débil de lo que nunca pude imaginar. Me sentía indefensa, completamente desarmada, convertida en una de esas víctimas que nunca llegué a entender. ¿Por qué se dejan violar? No puede haber fuerza en el mundo para que un hombre solo y desarmado te pueda violar si tú no te dejas, a no ser que te ate de pies y manos. Eso pensaba, hasta que me encontré en ese momento muerta de miedo, paralizada por aquel sujeto que me estrujaba con tanta fuerza, casi a punto de estrangularme. Estaba allí, sin poder defenderme, cuando sonaron unos golpes en la puerta.

—¡Abre inmediatamente! Sabemos que estás ahí, canalla, vamos a llamar a la policía —eran las voces de Rosa y un hombre.

Aflojó un poco, le pegué un empujón y fui corriendo a abrir la puerta.

—Te lo dije —gritó Rosa, que venía corriendo desde el piso de arriba—, este gilipollas quiso entrar en mi habitación, pero no le abrí más que una rendija y, menos mal que tuve fuerza para cerrarla. Sabía que tú eras la siguiente, por eso te llamé. ¡Míralo! Es un pobre gilipollas, está medio drogado.

—Te advirtieron que tomaras precauciones —me increpó Fernando, un tipo estupendo, arabista, el único hombre de nuestra delegación, que desde aquel instante se convirtió en nuestro padre o, mejor, en nuestro ángel guardián.

El tipo se arrodilló para pedirnos perdón cientos de veces.

—Perdón, perdón, perdón... yo no quería hacer daño a nadie. Otras quieren... Las rubias, suecas, alemanas... siempre quieren. Perdón, perdón... no me hagan nada. Me matarán —y empezó a llorar—, si se enteran me cuelgan. Perdón... No digan nada, se lo suplico. Haré lo que quieran, se lo prometo; lo que quieran, pero no me denuncien porque me cuelgan. Soy del Baas, soy del Baas y me colgarán.

—Vete de aquí ahora mismo —le ordenó Fernando— y mañana, antes de salir del hotel, decidiremos entre todos qué hacer contigo. A las 7:30 de la mañana nos reuniremos en el *lobby*. No faltes. ¡Lárgate!

Me temblaban las piernas. No dije una sola palabra.

Estaba enrojecida de rabia, de miedo y, más aún, de vergüenza. Rosa me abrazó y me dio un beso.

—No te preocupes, bonita. No lo volverá a hacer jamás. Podíamos haber sido cualquiera de nosotras. No ha pasado nada, tranquilízate. Vamos a celebrarlo.

Fernando me agarró fuerte de un brazo y Rosa del otro, y entre los dos me llevaron flotando hasta el bar. Pocas veces me he sentido tan arropada, sobre todo por Rosa. Fernando nos obligó a dormir en pareja, para protegernos mejor de cualquier otro incidente. Era bastante probable que se volviese a repetir, no por parte de Mahmud, que estaba desactivado a pesar de que no llegamos a denunciarle por lástima, sino de cualquier otro que aprovechara la visita de aquella horda de extranjeras para sentirse más hombre.

La ciudad de las mil y una noches estaba repleta de delegaciones extranjeras, pero las mujeres no podíamos salir solas después de cenar. Cuando vi Bagdad medio derruida, devorada por los incendios, arrasada por las guerras, se me cayó el alma a los pies. Al parecer, Sadam Hussein —a quien por cierto conocimos en la clausura de aquella cumbre de «no alineadas»— había logrado reconstruirla con bastante esmero, pero le duró poco tiempo, hasta que fue pasto de una nueva guerra. El caso es que no quedaba ni rastro de la leyenda del paraíso terrenal anunciada por el violador.

Pero no quiero distraerme. La conferencia fue muy provechosa, en especial por lo que ocurría fuera de las ponencias y los debates internos. En aquellos tiempos, las mujeres iraquíes, junto con las de Túnez y Argelia, eran supuestamente las más avanzadas del mundo árabe. Las estadísticas se inclinaban en la época por el socialismo, también supuesto, del Baas y el FLN. Se habían quitado el velo, iban a la universidad, les eran reconocidos algunos derechos que, naturalmente, no ejercían. Lo cierto es que el submundo de las relaciones entre hombres y mujeres seguía siendo tenebroso. En el plenario se producían las grandes proclamas feministas. El palacio de congresos, recién inaugurado por Sadam, estaba lleno de mujeres «no alienadas», a saber, procedentes de América, Asia y África, vestidas con saris multicolores, inmaculados blancos orientales, túnicas y turbantes africanos al estilo de Miriam Makeba, y algunas observadoras estadounidenses y europeas como nosotras. Cada noche, sin embargo, cuando estábamos tomando un refresco en el bar del hotel, se acercaba una sombra sigilosa hasta nosotras y pedía una entrevista en alguna habitación con todas las cautelas. Entonces subíamos, de una en una, y nos encontrábamos con un reducido grupo de aquellas mujeres que por la mañana hablaban tan seguras de sus notables progresos desde la tribuna de oradoras. Y empezaban a relatarnos sus dramas.

Las representantes del Baas, partido único iraquí, nos contaban:

> “Aquí las mujeres, de puertas para adentro, seguimos siendo impuras. El nacimiento de un varón siempre es una bendición del cielo, pero cuando nace una niña nunca hay festejos. Nos obligan a casarnos con los hombres que eligen nuestros padres, generalmente viejos a los que ni siquiera conocemos, y una vez casadas debemos, por ley, obediencia total, incondicional y exclusiva al marido. Nuestro testimonio ante un tribunal sólo posee la mitad de valor que el de un hombre. Nuestros maridos pueden tener hasta cuatro esposas legítimas y un número ilimitado

de concubinas. Seguimos practicando el ramadán, durante el cual si un hombre nos toca rompe su ayuno, porque nuestra impureza es contagiosa, por eso hacen tantas abluciones y tantas plegarias. Si se produce adulterio, castigan sólo a la mujer por haberse dejado seducir; no importa si ha sido voluntariamente o por la fuerza. Los hombres no quieren que sus mujeres sepan lo que es el amor para que estén contentas con lo poco que él les da. Por eso, aunque está prohibido por ley, se sigue practicando la mutilación de miles de niñas."

Una reiterada letanía que terminaba siempre igual: «¿Podíais vosotras ayudarnos a salir como fuera de este país?»

De nuevo, me distraigo del relato central. Rosa se instaló en mi habitación y durante los doce largos días del viaje no se separó de mí un instante. Recuerdo bien la habitación de aquel hotel, o más bien el cielo desde la ventana, pues es cierto que las noches eran estrelladas y se veía a lo lejos el río, no sé si el Tigris o el Éufrates. Hablamos horas y horas de todas las cosas de este mundo y nunca hemos vuelto a tener conversaciones tan íntimas; no recuerdo el contenido, sólo la profundidad, la hondura y el placer que me producía preguntarle a Rosa las múltiples cosas que me interesan de ella o, más bien, lo que piensa de las cosas y no de las cosas en sí. Hubo alguna otra conversación parecida, no tan íntima, pero sí tan intensa, en la Casa de Campo; en un restaurante del que nos echaron después de varias horas de sobremesa; en un bar donde nos encontramos a un amigo común, al que pedimos que nos dejara solas, que no interrumpiera la conversación. Siempre me interesa el pensamiento de Rosa, porque la considero una mezcla perfecta de sensibilidad, talento, esfuerzo y bondad, o solidaridad, o como quiera llamarse lo que es capaz de hacer una amiga por otra. Nunca lo he hecho, pero sé que en estos veinticinco años largos que nos conocemos siempre puedo llamar a Rosa y pedirle lo que quiera, porque, lo tenga o no, me lo dará. Le puedo pedir ideas, opiniones, defensa incondicional, afecto, comprensión o favores aparentemente tan estúpidos como «acompáñame a un estreno o a comer con un desconocido o a pasar la noche si estoy mal o llama a alguien de mi parte». Y, por supuesto, puedo pedirle lo más vulgar: dinero, coche, casa, ropa... Todo eso sin vernos habitualmente; apenas un par de veces al año. Así que es una extraña, hermosa y bendita amistad.

A Pilar

Los datos salen a la superficie como corchos, como brillan repentinamente los lomos satinados, plateados de los peces, o tintinean las hojas de los álamos.

Álvaro Pombo, *Donde las mujeres.*

Iban a cumplirse la mayoría de sus deseos. Estaba sentada en la puerta de su casa viendo pasar cadáveres de enemigos, cuando al bajar la escalera cayó fulminada. Tenía la misma edad que Manuel. Fue precisamente Rita quien me dio, en mala hora, la mala noticia. Salvo en estados de excepción (enfermedades, operaciones quirúrgicas, embarazos, escándalos políticos, estrenos de cine, presentación de libros... y, desde luego, aquel 23-F en el que ella estaba recién parida), ninguna de las dos conocíamos con detalle la vida cotidiana de la otra, pero sí los grandes eventos; cuando se abre o se cierra cada capítulo. Teníamos necesidad de darnos mutuos testimonios, y así sucedió durante muchos años.

Sólo en contadas ocasiones me hizo creer que ocupaba un lugar destacado en su corazón, pero nunca estuve segura de que fuera cierto; ella alardeaba, precisamente, de no tener amigas, aunque las tuvo. Creo que me quería, pero más allá de lo que pudiera sentir, yo la quise y así se lo hice constar siempre que fue necesario; y lo fue muchas veces. A fuerza de demostraciones de afecto, llegamos a intimar y pude descubrir una parte esencial de su carácter. Cada vez que hacía un hallazgo, Pilar se sorprendía. «Es increíble que me conozcas tanto que hasta me ayudas a entender mis propias reacciones.» Le gustaba, sobre todo, que le hablase de ella misma. Y a mí también me complacía hasta tal punto que en alguna ocasión se nos pasó por la cabeza escribir entre las dos su biografía.

La imagino tumbada en el diván de cuero azul, al otro lado del teléfono, con sus magníficas piernas sobre la mesa de cristal, de espaldas a la cristalera que da al jardín, para no distraerse, acariciando al perro y esperando que llegara su hijo. Varias noches del último noviembre me llamó de madrugada a este mismo lugar donde ahora escribo y dejó grabados largos mensajes en el contestador; tan largos que se cortaban y volvía a marcar para continuar en el punto exacto donde interrumpió el discurso y así hasta acabar la cinta. Me consta que dedicó esos monólogos a muchos amigos íntimos; que envió cantidad de mensajes del náufrago que fue toda la vida; más aún Robinson Crusoe que Gary Cooper. Como en el poema, se creyó siempre sola entre una multitud de amores.

De nuestras largas sesiones de diván, le gustó especialmente un párrafo que dejé escrito:

> "Pocos hombres pueden resistir aún la mirada de esta mujer de cuarenta y siete años que nunca fue guapa. Su poder de seducción consiste en tratar a quienes conoce por primera vez como si fueran sus amantes y a sus amantes como si les conociera por primera vez, de forma que nadie sabe cómo responder a sus acercamientos o a sus distancias. Los que no son sus amigos se creen íntimos y quienes lo son realmente, nunca lo dan por seguro. No soporta el halago ni las críticas, así que nadie sabe comportarse ante ella con naturalidad."

Doy fe de que siempre fue así. Se afanaba en ser impertinente, incluso un poco malvada frente a amigos y enemigos. Antes que nadie se atrevió a decir una y mil veces: «Ni perdono ni olvido.» En más de una ocasión, reconoció no hacer nada por evitar ese lado maléfico, el desdén, la mirada altiva, la impertinencia siempre dispuesta. «Soy el colmo de la arbitrariedad —me dijo—, pues haciendo alarde de mis pésimos modales exijo de los demás que sean bondadosos y correctos.» Mostrarse malvada era su defensa; no hay mayor ejercicio de sinceridad que enseñar las cartas marcadas. «¿Me quieres, a pesar de que soy un bicho?», preguntaba a todas horas para que nadie se llamase a engaño. Hacía de su maldad su propia fuerza, porque fue una más de sus múltiples señales de desobediencia, de rebelión frente al destino intenso y fugaz, turbulento y huraño que le tocó vivir.

No le sobró ni un minuto del tiempo que le dieron y yo la quise, sabiendo cómo era.

¿Las amigas comprenden mejor las emociones?

Nada mejor que una amiga íntima para descargar nuestra fragilidad emocional. Cuando nos sentimos débiles, desamparadas e indefensas, y no tenemos el hombro sólido y resistente de una madre, hay que refugiarse en la amistad de las mujeres. Un desahogo emocional con un hombre, por más que sea el mejor amigo o el mejor amante, perturba de manera definitiva las relaciones. Un hombre soporta mal las lágrimas irracionales, las llantinas contradictorias, los lamentos sin destinatario; necesita explicaciones, argumentos y razones que justifiquen el torrente sentimental que periódicamente desborda a las mujeres. Los arrebatos en apariencia incoherentes y extravagantes son más eficaces que un *valium* y más baratos que el diván del psiquiatra; tiene efectos terapéuticos e inmuniza contra los tropiezos de la vida. En momentos de zozobra sólo buscamos el silencio solidario. Las amigas escuchan, comprenden, no juzgan; los hombres ofrecen consejos, razones o, lo que es peor, reproches; les resulta difícil contemplarnos mentalmente desnudas, más aún que si nos desnudamos físicamente.

Afirmaciones tan rotundas no son sólo producto de experiencias personales, sino de algunos estudios psicológicos según los cuales las mujeres tenemos mayor capacidad de empatía que los hombres, somos más receptivas y comprendemos mejor los mensajes de la comunicación no verbal. Los sentimientos también se transmiten por medio del tono de voz, la expresión del rostro, el lenguaje de las manos o la postura del cuerpo. La empatía es la capacidad de participar con afecto de la realidad ajena, ponerse en el lugar del otro, transmitir buenas vibraciones, desprender humanidad, dar a entender: «Te comprendo; a mí me pasa muchas veces lo mismo que a ti.» Las mujeres somos más receptivas que los hombres a la hora de interpretar señales sutiles, sentir afecto por el dolor ajeno y convertirlo en propio. Los hombres se sienten obligados a dar soluciones y confunden la eficacia con los juicios prácticos: «Tú lo que debes hacer es tranquilizarte, dejar de llorar y resolver el problema de tal o cual manera...» Sin darse cuenta de que, a veces, sólo se busca consuelo y calma; el único bálsamo eficaz para elevar el estado de ánimo y recuperar fuerzas.

Por estas y otras muchas razones, las mujeres definen su amistad con otras mujeres como una relación plena y feliz. La mayoría de las mujeres casadas siguen manteniendo profundas relaciones emocionales con alguna amiga, a la que suelen contar más intimidades que al marido. Más aún se puede decir de las mujeres que viven solas, para quienes las amigas se convierten en el eje central de sus relaciones. Las mujeres hablan de las relaciones amistosas que mantienen entre ellas con mayor entusiasmo, exaltación y admiración que los hombres. A la mayoría les resulta más fácil hablar sin pudor, sin reservas y sin falsa modestia con otra mujer que con cualquier hombre. Hablan con igual crudeza y libertad de sus sentimientos más mezquinos y también de los más sublimes y generosos. Es cierto que la intensidad provoca mayores roces, disgustos y enfados; hay traiciones y desengaños, pero los problemas suelen resolverse con prontitud, porque la amistad para ellas es un apoyo básico; necesitan compartir su carga emocional todos los días. Es infrecuente que exista esta clase de amistad esencial entre los hombres; aunque también la necesitan, aún no practican, con la frecuencia necesaria, esa saludable medida terapéutica que es la descarga emocional. Confunden todavía la integridad y la fuerza, con la distancia y la dureza de carácter. Cuando necesitan tratar sus desequilibrios emocionales muchos confiesan que prefieren contárselo a una buena amiga. Aunque no suele ser del todo exacto, la mayoría de los hombres presumen de tener más amistades femeninas que masculinas. En todo caso, las conversaciones con unas o con otros son de lo más dispares.

Uno de los motivos de amistad entre las mujeres es su alto grado de comprensión frente a las reacciones viscerales. Los vínculos emocionales que establecen las amigas son tan intensos que necesitan menos frecuencia en sus relaciones. Pongo a Rosa como ejemplo de una amistad intensa, permanente, pero también inconstante o infrecuente. Apenas nos vemos, pero estamos ahí para reanudar un diálogo interrumpido, la intimidad pendiente, el imprescindible amparo emocional que buscamos tan de tarde en tarde. Algo parecido ocurre con Irene, Alicia, Pepa, Minnie, Lucía y confío en que vuelva a suceder con Rita, que ha sido la más querida de todas.

Filias y Eros

Nada es más difícil que aprender a mirar a alguien, a ser mirado de cerca por otro.

Antonio Muñoz Molina, *Plenilunio.*

El caso de Sara es el más curioso que conozco. Cualquiera diría que los veinticinco años largos de unión con Pablo son pura rutina, un dejarse llevar, una forma de espantar el miedo, de evitar el abandono que produce el aislamiento, de no ir sola a un cine o a casa de los amigos, de encontrar un cuerpo cuando llegas a casa por la noche y no amanecer en una cama vacía. Y, sin embargo, soy testigo de que la suya es una relación firme, recia, irrompible, consistente, que se ha ido consolidando a fuerza de superar riesgos. Sé, por ejemplo, que se han alejado muchas veces, han vivido en plena libertad, cada uno por su cuenta, como si ya fuera para siempre y, de pronto, se han visto otra vez intercambiando hasta los mínimos detalles de sus respectivas fugas, compartiendo lo que jamás se comparte: las intimidades de los otros. Hasta que se vaciaban totalmente de ese mundo visceral, interno, tan íntimo que casi no se puede ni pensar. Y vuelta a empezar de nuevo en el punto donde lo habían dejado supuestamente para siempre. Eso sucedió en tres o cuatro ocasiones muy ruidosas, hasta que se dieron cuenta de que no querían vivir el uno sin el otro. Contado de este modo resulta empalagoso, una sobredosis de almíbar, pero las cosas son así: cuando la gente se siente libre y regresa al lugar que abandonó por propia voluntad, es porque pertenece a ese lugar. Supongo que han llegado al punto en que no necesiten separarse nunca más. Después de pensar tanto en esa relación he descubierto que ya no son los mejores amantes, pero sí los mejores amigos del mundo, y con el paso del tiempo esa unión se convierte en algo más sólido y resistente que el amor, una mezcla perfecta, armónica y equilibrada entre la intimidad corporal, los deseos sexuales, la excitación intelectual y afectiva y las necesidades del espíritu.

Cuando le preguntaron a Paul Newman cuál era el secreto para que un matrimonio durase tanto como el suyo con Joanne Woodward, lo despachó de un plumazo: «Estamos unidos por la lujuria.» Respuesta de manual para la senectud; pero estoy segura de que no es verdad. La lujuria se sacia, como la gula. La naturaleza no es tan injusta; el deseo sexual tiene un límite y el placer más intenso llega a un punto de saturación en el que ya no se disfruta más, entonces se persigue la calma absoluta, la serenidad, la verdadera utopía inalcanzable, el concepto oriental del justo medio, el equilibrio entre los dos extremos infinitos que son el tedio y la pasión. Aunque el impulso sexual es una cuestión de piel con mucho de reacción química, dicen que se puede controlar. A partir de una edad, al menos, deberíamos intentarlo para perfeccionar la relación amorosa con otros ingredientes.

En ocasiones resulta más estimulante la voz, la piel, el gesto del hombre que ves envejecer a tu lado, que un cuerpo joven al que se desea sólo como objeto sexual. Dicen que en ciertos momentos de la vida la química se estimula mejor cuando se aplica la cabeza y de ese modo el verdadero placer se vuelve tan selectivo que un cuerpo perfecto nos deja indiferentes. Hay amores espectaculares que producen sentimientos agudos e intensos; no son falsos, tampoco auténticos; son fundamentalmente efímeros. Se olvidan a la vuelta de la esquina y no es fácil entender cómo las grandes pasiones dejan, a veces, tan poca huella.

Dice Norman Mailer:

> "Me he pasado demasiados años dedicado casi enteramente al trabajo y otros al sexo, pero cuando miro hacia atrás, nunca funcionó bien el uno sin el otro. El sexo recompensa del buen trabajo. Demasiado sexo agota la creatividad. Demasiado poco le puede dejar a uno excesiva tensión para ser creativo (...). Supongo que en última instancia el amor verdadero significa que se está dispuesto a morir por el otro, algo que muy pocas personas están dispuestas a hacer."

Pienso que a estas alturas de sus vidas, después de veinticinco años de riesgos, mis amigos están dispuestos a morir el uno por el otro. Ese rasgo de generosidad o de locura sólo se produce en la adolescencia más temprana o en la madurez más absoluta.

—Probablemente tienes razón —me confirma Sara—, más sólido que el sexo, más fuerte que el abismal atractivo de la carne, es el dolor y el riesgo compartidos. El amor se hace más grande tras la superación del daño; te lo aseguro. Entonces surge una amistad tan profunda que sólo la muerte puede destruirla. No echo de menos las apasionadas turbulencias de mi vida, al contrario, el vértigo embrutece y no quiero saber nada de los otros. Los enamorados locos te suben a lo alto, hasta el infinito, y luego te dejan colgada del cielo, sin saber cómo bajar. He prendido fuego a todos sus recuerdos. No existen. No queda ni su nombre. Alguno de esos nombres, por cierto, estuvo a punto de dar un vuelco a mi existencia, pero afortunadamente falló el impulso final. Mi vida hubiera sido quizá más radical, menos consistente y más digna de ser contada. He conocido de cerca el poder, la servidumbre, la mentira, la indignidad de momentos brillantes, fastuosos, turbadores y solemnes, sin embargo, no cambiaría ninguno de ellos por los que tengo ahora; ninguno de esos amores respetaron mi libertad tanto como lo hace mi amigo.

Hay domingos que me levanto sin nada que hacer y pierdo alegremente el tiempo, paso la mañana recreándome en el vacío, sin sentir las horas, salgo a la calle y veo que todo marcha a la perfección; hay pan en la panadería, café en el bar, los periódicos en el quiosco, los coches circulan por la calle, los semáforos funcionan y toda esa gente ha estado ocupada por la noche para que yo pueda disfrutar de tantas cosas. ¿Sabes lo que necesito en estos momentos de un hombre? Lo mismo que un hombre necesita de mí: amor, atenciones, lealtad, complicidad, ayuda, estímulo, compañía.

Sara es novelista, pero sabe que sus libros acabarán destruidos en la trituradora, como el resto de los fondos de la editorial. Su obra literaria regresará al almacén y será liquidada en la guillotina o en los saldos de una estación de trenes, donde se venden cuatro al precio de uno. El mejor destino que podrían esperar al cabo de los años, cuando su hija venda la biblioteca con el resto de la herencia, es el de una cárcel, un convento, una población en la selva brasileña, o cualquiera de los lugares perdidos adonde van a parar los libros de las ONG. Todo antes que el patíbulo.

Al principio tenía ansias de permanencia, pero ha terminado olvidando el éxtasis y la desgracia; ahora la inmortalidad consiste en dejar buen recuerdo a Pablo, a la hija que tienen en común y a sus amigos. Su único deseo es descubrir algún remedio que les ayude a vivir y a morir, de la manera más digna, en la propia cama, rodeado de quien te quiere, para que te apriete la mano antes de entrar en un sueño profundo, tan dulce como una borrachera.

He visto desaparecer así a una de mis personas más queridas. Para alcanzar ese final feliz hay que tener, al menos, un buen amigo que te ayude a bien morir. A Sara le gustaría que la recordasen como es ahora, autocrítica, humilde y queriendo tanto como es querida. Dice que ha aprendido, al fin, a querer como debía, y espera no olvidarlo jamás. Ojalá le dure mucho tiempo y no tenga necesidad de recurrir a las pasiones perturbadoras que producen tanta agitación. Lo que más envidio de Sara no son sus triunfos profesionales, sino el hecho de tener un compañero incondicional, fiel como un perro, capaz de morir por ella. La vida a la intemperie es despiadada; no hay quien la aguante.

¿Se puede pasar del erotismo al enamoramiento y del amor a la amistad?

Es un proceso largo que se produce en raras ocasiones, pero tal vez sea la forma más consistente de una relación amorosa. Los tres máximos filósofos del mundo griego, Sócrates, Platón y Aristóteles, dedicaron gran parte de su pensamiento al estudio y la práctica de la amistad. Nada parecía interesarles más en las relaciones humanas. Confiesa Sócrates a Lisis y Menéxeno:

> "Una cosa he deseado siempre. Cada hombre tiene su pasión: unos los caballos, otros los perros, otros el oro o los honores. En cuanto a mí, todas esas cosas me dejan frío; en cambio, deseo apasionadamente adquirir amigos, y un buen amigo me contentaría infinitamente más que la codorniz más linda del mundo, que el más hermoso de los gallos, e incluso —Zeus es testigo— que el mejor de los caballos o de los perros. Podréis creerme: preferiría un amigo a todos los tesoros de Darío. Tan grande es mi avidez de amistad."

Platón recoge el pensamiento de su maestro, pero divide el sentimiento ente *philía*, la amistad propiamente dicha, y *érôs*, que responde al amor de manera más precisa. La verdadera relación amistosa, sin embargo, tiene para él más carga de filía que de eros, aunque no necesariamente coincidan ambos sentimientos. La amistad platónica se refiere, naturalmente, a una relación homosexual, pues las mujeres griegas del siglo IV a. de C. estaban destinadas a otros ámbitos.

En su *Ética a Nicómaco*, Aristóteles distingue claramente la amistad de otros afectos. El eros se inicia en el placer visual y la filía en lo que él llama la benevolencia. Los amantes se complacen viéndose, manteniendo relaciones físicas; los amigos, sin embargo, necesitan relacionarse, hablarse, escucharse y quererse. Para Aristóteles la amistad es lo más necesario de la vida, porque sin amigos nadie querría vivir, aunque poseyera todos los bienes de este mundo. La amistad alcanza la perfección cuando se procura el bien para el amigo, en ese sentido habla de benevolencia. Sin bondad no sería posible la amistad perfecta. Cuando tienes amigos buscando algún placer o un fin utilitario, la amistad es defectuosa, porque sólo pretendes utilizar al otro, lo que el amigo tiene o lo que el amigo hace, pero no lo que el amigo es. Nunca existirá una auténtica amistad si utilizamos a la otra persona como un medio para obtener un resultado, para conseguir cosas.

Dejemos a los clásicos para hablar del erotismo como el sentimiento más irracional, más primario, menos reflexivo, pero bien distinto a la sexualidad animal; precisamente el acto sexual se convierte en erótico cuanto más difiere de las prácticas de los animales. Se logra un erotismo más sofisticado, menos animal, cuando el sexo pasa por la cabeza. La atracción erótica se produce espontáneamente en la vida cotidiana. Todos los días nos cruzamos con infinidad de objetos eróticos, de hombres o mujeres que nos atraen sexualmente. Dichos objetos de deseo carecen por lo general de cualquier otra dimensión afectiva o sentimental. Nos gustan del mismo modo que nos gusta un excelente vino. No buscamos en ellos más cualidades o virtudes que el gusto en sí, el placer momentáneo, la satisfacción de un deseo súbito. De forma excepcional, coincidimos con el objeto de nuestros deseos y establecemos un contacto erótico fugaz, que a veces se prolonga un poco más y en ocasiones se convierte en relación duradera. Es fácil confundir la atracción erótica con el enamoramiento; sólo al cabo del tiempo se empieza a distinguir una cosa de la otra. El erotismo se agota en lo físico y se sacia con la variedad. Algunos filósofos sostienen que el erotismo, el amor y la amistad son sentimientos excluyentes; otros, sin embargo, creen que el enamoramiento puede surgir de una relación erótica y la amistad que nace de esa clase de amor es mejor que el amor mismo.

Esa peculiar derivación del amor en amistad profunda requiere, en primer lugar, un tiempo largo y gran experiencia para superar las inevitables crisis de la pareja que se producen de forma periódica. No se puede considerar estable la pareja que no ha sufrido altibajos en su relación o no haya atravesado una situación crítica. No es posible esta clase excelsa de amistad cuando existen sospechas y motivos de desconfianza. Para perfeccionar la relación hay que superar riesgos, demostrar generosidad, es decir, capacidad de amar al otro más allá de cualquier beneficio. Es una sucesión de pruebas. Cuando la pareja se permite el suficiente grado de libertad como para tener experiencias propias, individuales, interesantes, activas, y están deseando compartir sus respectivos descubrimientos, la relación puede prolongarse durante muchos años. Otro motivo para alargar la vida en pareja es luchar conjuntamente contra dificultades exteriores o contra un enemigo común y, sobre todo, vivir nuevas experiencias que interrumpan el tedio de lo cotidiano. Se pueden emprender aventuras imaginarias, largos viajes que ni siquiera necesitan ser reales. Cuantas más fantasías y proyectos sean capaces de imaginar cada uno por separado, más fácil será transformar la terca realidad que todo lo desgasta y lo consume. Sin olvidar nunca que la imaginación, la ilusión, la belleza, la creación... van siempre de dentro hacia fuera y no al contrario.

Para concluir, esa necesidad premiosa que tenemos casi todos (hay pocas vocaciones solitarias) de encontrar buena compañía se resuelve de mala manera acortando el ciclo. En mi experiencia, resulta poco satisfactorio buscar en múltiples personas sucesivas lo que no hemos sido capaces de encontrar en una sola. Al final, las situaciones se repiten y el desaliento se agudiza. Aun así, es cuestión de gustos sobre los que tanto se ha escrito y hay quienes prefieren hacer el menor esfuerzo posible, aunque su vida tenga menos consistencia.

Epílogo. Mentiras vitales

¿Cuántas veces más mirarás la luna llena? Quizá veinte. Y, sin embargo, todo parece ilimitado.

Paul Bowles, *El cielo protector.*

Quiero tener una terraza en un rascacielos del paseo de Rosales y contemplar el parque del Oeste desde arriba, para ver los caminos por los que me llevaba mi padre hasta la fuente de Lozoya que tenía aquel agua gorda y espesa. Me hacía beber en un cucurucho de papel porque era muy saludable, y luego nos íbamos al hipódromo a apostar a las carreras de caballos. Siempre estaba a punto de ganar una quíntuple; creía que yo le daba suerte. Mi padre era ludópata, aunque en aquellos tiempos yo aún no sabía el significado de la palabra. Una vez escuché a mi madre llamarle ludópata y fui corriendo a buscar en el diccionario, pero no recordaba bien el término y me quedé con políglota («Se aplica a la persona versada en varias lenguas»). No sé por qué teníamos en casa tantos diccionarios, de griego, latín, inglés, francés, alemán e italiano, pero tal abundancia ratificó mi idea de que mi padre hablaba muchos idiomas. Para disipar mis dudas, de vez en cuando hacía pruebas y le preguntaba cómo se decía señorita en alemán, él me respondía *fräulein* y yo me quedaba tan contenta. Sabía, en efecto, palabras sueltas en múltiples idiomas e incluso frases largas en inglés y parrafadas en latín que me dejaban boquiabierta. Luego supe que mi abuelo murió joven y dejó a mi padre en manos de su hermano mayor, que se convirtió en tutor de una herencia considerable de la que no nos dejaron nada. Precisamente, para administrar mejor las tierras y las fincas, metió a mi padre en el seminario y se quedó con la parte que le correspondía. Nunca llegó a ser jesuita porque los ayunos le ponían enfermo, pero conservo dos de sus recuerdos: un crucifijo y la biografía de Ignacio de Loyola. Se puso enfermo más que por hambre por falta de libertad, porque quería ser médico, no jesuita, y sobre todo porque siempre hizo lo que le dio la gana a costa de lo que fuera.

Cuando me llevaba al parque del Oeste y a las carreras de caballos yo creía que mi padre era un sabio. Las cosas cambiaron al enterarme de que no era políglota y que el latín lo había aprendido en el seminario, pero eso sucedió cuando fui mayor de edad y él ya no necesitaba tanto mi veneración infantil. Y aún cambiaron más cuando supe que era ludópata y que yo había heredado el vicio.

Tengo especiales recuerdos de una partida de póker en Torrelodones con unos amigos que había conocido en un crucero por el Mediterráneo a bordo del primer trasatlántico soviético que inauguraba el trayecto Barcelona-Odessa, gente rica y divertida con la que jugaba de vez en cuando a las cartas. A los pocos meses de aquel viaje me quedé sin trabajo, andaba muy mal y jugar con ricos me obsesionaba. Perdí al póker al mismo tiempo que me alejé de los amigos millonarios. Se fueron arruinando con el tiempo, menos uno inmensamente rico, asturiano y soltero, que al morir dejó su imperio a un sobrino también asturiano y soltero. En aquella partida maldita me desplumaron treinta y siete mil pesetas de la época, mucho más de lo que tenía; una fortuna para una ludópata sin trabajo. Saqué el talonario y mordiéndome los labios firmé un cheque en números rojos. Al día siguiente iría a la sucursal del banco donde meses atrás había ingresado el dinero de un premio literario, gracias al cual mantenía cierto prestigio. Pude contenerme hasta salir de la casa, con las mandíbulas apretadas y el dedo gordo de la mano escondido en el puño, atravesé el jardín de la mansión de los banqueros donde se organizaban las timbas de póker, y al llegar al coche empecé a gritar y a llorar de rabia, jurando que nunca más volvería a jugar al póker... con millonarios.

Una de mis grandes ambiciones de aquellos días era tener la casa limpia y nueva, como la de Rosa y Carlos o la de Cristina y Miguel, pero pronto me di cuenta de que no tenían hijos y era imposible en mi caso mantener el orden y la limpieza.

—Si quieres tener la casa reluciente —me dice Pablo— tendrás que echar a tu perra y a tus hijos. Mejor aún, tendrás que irte tú que eres la personificación del caos.

—Lo que me hace feliz —y tú lo sabes mejor que

nadie— es tener tiempo para organizar una buena partida de póker.

Otra de las pequeñas mentiras es creer que todos mis males se arreglarían con un buen sillón y un atril para leer mejor y tomar notas. Tomo notas hasta de las novelas de mis amigos para sacarles algún provecho más allá del puro placer. Me parece que el tiempo es demasiado escaso para dedicarme sólo a leer. Tengo que subrayar, anotar, sugerir, apurar cada página para una cita, una pregunta, una entrevista, una conferencia o un artículo. Todo, absolutamente todo, es reciclable en estos días. Cada cosa, idea, proyecto o deseo ocupa un compartimento: vidrio, papel, música, televisión, radio, periódicos, libros, amigos... Estoy rodeada de carpetas de colores llenas de recortes amarillentos que están perdiendo su utilidad. He comprado un *scanner* para hacer sitio y meter el mundo en el ordenador, y así ya no me harán falta las carpetas de colores. Con cada tecla abro un universo de cartas, confidencias, gastos, impuestos, libros, artículos, documentos, archivos, fax, llamadas, recuerdos, teléfonos, correo electrónico. Aunque, de vez en cuando, me dan ataques de amnesia y no sé dentro de qué documento, plantilla, archivo principal o archivo secundario he metido lo que estoy buscando ni con qué nombre. Tardo demasiado tiempo en aprender a manejarme en ese mundo. Ahora lo domino un poco más y a las regeneraciones y las pérdidas, la lista de la compra y las pegatinas amarillas, he introducido la música de Billie Holiday, Miles Davis y Chet Baker, que suenan mientras escribo. Hace años, durante el trabajo, sólo podía escuchar música árabe, las canciones de Om Kalsum. Lo peor es cuando escribo en silencio; las cosas no van bien. Me doy cuenta al mirarme involuntariamente en algún espejo. Esa imagen que tanto me asusta y que no reconozco no es un envejecimiento repentino como yo creía, sino un desplazamiento del yo, según me explica un amigo psiquiatra. Un leve trastorno psíquico que se produce en momentos de gran tensión. Por eso he tenido que apartar la mirada de ese espejo en el que se han convertido los mejores amigos.

Seré feliz cuando tenga un árbol para sentarme en verano a leer bajo su sombra, y una casa desde donde ver el mar, con la cocina nueva, limpia y ordenada. Tuve las tres cosas y no fui feliz. Entonces me di cuenta de algo tan elemental como que no puedo tasar la felicidad. Al cabo de los años se aprende que no es un asunto de propiedades, pero no te enteras hasta que las consigues. Estoy escuchando una canción de Chet Baker que probablemente escuchó mi madre en la radio alguna vez. Aunque no lo sé, porque en aquellos tiempos prohibieron la música norteamericana. De hecho yo nací junto a un cine llamado Hollywood y el alcalde de turno —sería el conde de Mayalde— le cambió el nombre por el de Apolo, que también suena bien para un cine. «Te dejo en el Apolo», me decía Manuel cuando me llevaba a casa. Si no hubiera muerto seguiría siendo mi amigo, pero se fue poco después que Soledad.

La felicidad de la cocina, la casa y el árbol me duró poco. Gané dinero algunas veces, pero el placer de ganar apenas dura un par de horas, el tiempo que tardas en ingresarlo en el banco o en decidir cómo lo vas a gastar. Desde la casa de la playa veo el mar y oigo muy cerca el ruido de las olas, pero no es lo suficientemente grande y está muy destartalada. Otra vez confundo la felicidad con el lujo y eso sí que es un derroche. Por mucho dinero que tengas para comprarte abrigos de Armani, pasar diez días en un balneario donde te adelgazan cinco kilos, te limpian el hígado y la piel o viajar a Sri Lanka en primavera para ver la jungla y los campos de té, no eres más feliz. Lo sé porque lo he hecho y durante un tiempo he malgastado el tiempo y el dinero. Se puede aprender la felicidad, claro que se puede, pero sabiendo desde un principio que sólo está en la imaginación, en el deseo y, un poco, en los amigos, pero nunca en los objetos. Algunos viajes nos hacen más felices porque están llenos de deseos y siempre hay amigos que nos esperan o nos acompañan. Me haría feliz ir con más frecuencia a Vigo para ver a Marisa, comer percebes en el Castro y terminar con una queimada en la taberna de Eligio que ya seguramente ni existe. Hice mi primer viaje a Galicia a los veinte años en compañía de tres gallegos ilustres: Cerecedo, Blanco Amor y Oliveira. Atravesamos en coche Castilla a toda velocidad, pero al llegar a la frontera de Zamora con Orense nos detuvimos bruscamente. Desde que pisamos suelo gallego todo fue minucioso y lento, porque me enseñaban cada piedra del camino como si fueran únicas y me decían que mirase bien porque todo estaba incrustado en la naturaleza.

—Hay que poner mucha atención para distinguir cada cosa de forma aislada, porque de lo contrario vas a confundir un cruceiro con un magnolio —decía Eduardo.

Y yo me lo creía. Antes de llegar al mar recorrimos el camino de las estrellas como buenos peregrinos. Nos detuvimos en remotas aldeas, en no sé cuántas ermitas románicas del camino, en lo alto de puertos montañosos desde los que la niebla no dejaba ver los paisajes selváticos y esos valles angostos cruzados por riachuelos.

También nos paramos a visitar a los dueños de tres pazos con casas de piedra y pizarra, y jardines llenos de camelias. Pasamos a Lugo y a orillas del Miño, cerca de Pomarín, compramos el mejor aguardiente de la tierra, según me dijeron. He visto después plazas admirables en muchas ciudades del mundo, pero ninguna me impresionó tanto como la del Obradorio, cuando me llevaron a Santiago por primera vez. Entramos en la catedral por la fachada de Platerías con la esperanza de ver el botafumeiro en acción, pero los huéspedes no fueron considerados lo suficientemente ilustres como para ponerlo en funcionamiento. Salimos por la escalinata y al llegar la noche nos alojamos en el Hostal de Los Reyes Católicos. Las ventanas de la habitación daban a una calle angosta llena de estudiantes que gritaron hasta el amanecer.

A la mañana siguiente, partimos hacia el destino final que era la taberna de Eligio, en Vigo, cuyas paredes estaban cubiertas de recuerdos de viajeros gallegos. En el lugar más visible tenía en aquel momento las fotografías de bellas mujeres kurdas, carteles de guerrilleros de Eritrea, postales de los rascacielos de barro del Yemen, corales de la isla de Socotora y caracolas del mar Rojo, todo ello enviado por Cerecedo que había regresado recientemente de una odisea por los emiratos del Golfo. Todavía me acuerdo de las castañas y el pulpo que comí en el puerto, antes de probar los manjares y asistir al rito de la queimada que nos ofició el propio Eligio. He vuelto muchas veces a Galicia y a pesar de las ausencias es uno de los lugares donde mejor me encuentro. No es posible entender a los gallegos, pero la mayoría son inteligentes, amables y agradecidos, por eso hacen que me sienta bien.

La gratitud es una de las cosas que más contribuye a la felicidad; agranda las virtudes, anula los defectos y hace de lo más sencillo una auténtica fiesta. Lo mejor que tengo en estos días es una cama confortable y ese detalle tan simple me permite dormir bien. No siempre he dormido en un lugar tan apacible, con tal sensación de seguridad, por eso estoy agradecida. Tal vez la gratitud, la seguridad y el bienestar sea lo que más contribuye a esa armonía que tanto se parece a la felicidad. Lo que más te aleja de ella, sin duda, es el desprecio, el odio, la envidia y todo lo que produce zozobra, desazón, ansiedad y mala conciencia. Lo que acaba con nosotros no son las tragedias, sino la confusión. Hay que acercarse a los buenos amigos y huir lejos de los que te han dejado de querer.

Mientras termino el epílogo me han pedido que haga un breve inventario de la madurez y, después de meditarlo un tiempo, escribo lo siguiente. Cuando aprendes a elegir la compañía que jamás te cansa, el lugar donde mejor te encuentras, los libros que te agrada releer, la música que te place, la ropa cómoda, las comidas más deliciosas, la gente de la que debes huir... cuando, en definitiva, parece que sabes aceptarte a ti misma, te empiezan a faltar años. Los taoístas dicen que la gente sufre más de lo que debe por los esfuerzos que hace para no sufrir. Precisamente me suelo pasar de esforzada. No sé quién me impulsa siempre a dar más de lo que puedo. Al cabo de tanto tiempo conozco con bastante precisión mis limitaciones y, sin embargo, cuando las cosas están funcionando mejor, las abandono para explorar territorios desconocidos y meterme en senderos que no me ofrecen la menor seguridad. Para evitarlo no hay más remedio que entregarse a algo más importante que a tu propio ego. Ir más allá de uno mismo. Mirar más alto y más lejos. Eso me cuentan que hacen los hindúes: se pasan media vida engordando el ego y, cuando ya está fuerte y robusto, empiezan a deshacerse de él. Hay que saber cuándo llega el momento de destruirlo para impedir que te aniquile.

Lo mejor de entrar en la madurez es que después de haber luchado durante tanto tiempo contra mí misma, empiezo a aceptar lo que soy. Hace unos cuantos años que estoy archivando mis «mentiras vitales» convencida de que sin ellas no hubiera podido superar ciertos fracasos y algunas pérdidas irreparables. Tengo traumas y prejuicios, pero he aprendido a llevarme bien con ellos y a estas alturas no quiero que nadie me los quite. La realidad me supera con frecuencia, así que no tengo más remedio que transformarla y hacerla a mi medida. Sucede cada vez que desaparece alguien querido y cercano. Se sabe que en el inconsciente no existe la muerte, por eso la manera más frecuente de combatirla es negarla. Cuando muere alguien muy querido nos negamos a aceptarlo y, en algunos casos, esa reacción se prolonga durante mucho tiempo. Este proceso se suele llevar a cabo de manera inconsciente, porque si se pretende llegar al autoengaño de una manera racional y voluntaria, carece de eficacia. Pero cuando no logro engañarme del todo, intento hacerlo de forma consciente. He comprobado después de muchos episodios dolorosos que la mejor forma de soportarlos es meter la cabeza debajo del ala y dejar que el tiempo vaya curando la pena.

Hace muy poco, se ha demostrado que es posible recordar como cierto lo que nunca ocurrió. Algunas terapias mal realizadas y ciertas situaciones, como las sesiones de psicoanálisis, un interrogatorio policial o un juicio, pueden crear memorias falsas en algunas personas haciéndoles creer que vivieron acontecimientos ficticios. Hay formas de preguntar que tienen gran poder de seducción y van creando la llamada memoria falsa. Leo en la revista *Scientific American* la denuncia de una psicóloga que lleva treinta años estudiando la memoria falsa; describe el caso de una mujer que acudió a un psiquiatra para que le ayudase a superar una experiencia traumática y durante la terapia el médico la hipnotizó con fines experimentales y empleó varias técnicas para lograr convencerla de múltiples atrocidades: había sido maltratada de pequeña en un ritual satánico durante el cual la violaron. La paciente terminó convencida de aquello y, al cabo de un tiempo, tuvo que volver a ponerse en tratamiento para superar los terribles traumas creados por la memoria falsa. Entonces se dio cuenta de que había servido de conejillo de indias y denunció al psiquiatra. Se sabe que muchos pacientes han sido utilizados para esta clase de experimentos y que hay personas con más facilidad que otras para modificar su memoria sin gran esfuerzo. Es suficiente que un supuesto testigo cuente que ha visto a otra persona hacer algo, para que ésta termine por creerlo.

Por eso tenía miedo a que mi hermano reconstruyera nuestra infancia; es posible que su psicoanalista le haya convencido de algunas mentiras vitales que no coinciden con las mías. «Privad al hombre medio de sus mentiras vitales —dijo Ibsen— y le habremos despojado también de su felicidad.» No es cierto que confesar los pecados y airear nuestros fantasmas tenga poder curativo; se limita a dejarnos indefensos, desnudos, desamparados, expuestos a la intemperie. Creo que Freud nos hizo un daño considerable al hacernos creer que las ideas y los sentimientos se iban forjando en los bajos fondos del subconsciente y que la razón no tiene tanta influencia como parecía hasta entonces. Creer a Freud al pie de la letra te convierte en un ser indiferente y escéptico.

Desde que llegué a la madurez —sucedió cuando descubrí que ya no tenía tiempo de ser otra cosa de lo que soy— no puedo prescindir de mis mentiras vitales. Para eso tendría que renacer y aun así sería imposible comenzar de nuevo.

Sé que estas páginas son una amalgama de mentiras vitales: amigos que realmente no me quieren como dicen, caracteres, situaciones y nombres mal puestos, sueños compensadores que acabo de hacer realidad, instantes fugaces que he prolongado a mi antojo y mentiras necesarias como el pan de cada día.

Amigos de película

(Breve filmografía de las escenas más emblemáticas sobre la amistad)

West side story. Estados Unidos, 1961. Dirigida por Robert Wise, protagonizada por Natalie Wood y Richard Beymer, George Charkiris y Rota Moreno, y con la excelente música de Leonard Bernstein, se trata de una versión musical de *Romeo y Julieta* de Shakespeare ambientada en barrios marginales de Nueva York. Un excelente trabajo, además, sobre la amistad de grupo y las complejas relaciones afectivas que se establecen entre dos bandas rivales.

Midnight Cowboy. Estados Unidos, 1969. Maravillosa historia entre dos amigos marginales y solidarios: Dustin Hoffman, chico enfermo, al que protege John Voight, tipo tierno y elemental. Se convirtió en una película emblemática para la juventud de los sesenta.

Easy Rider (*Buscando mi destino*). Estados Unidos, 1969. También marcó una época. Se considera una película mítica dentro del género de las llamadas *road movies*. Dirigida por Denis Hopper, que interviene también como actor junto a Peter Fonda y Jack Nicholson, cuenta la aventura de dos amigos que recorren en moto, de este a oeste, los Estados Unidos.

El mensajero. Reino Unido, 1971. Dirigida por Joseph Losey y protagonizada por Alan Bates, Julie Christie y Dominic Guard, debe su guión a Harold Pinter. Trata las relaciones de un niño que pasa sus vacaciones con un amigo de elevado nivel social y que es utilizado por los habitantes de la casa para ocultar sus relaciones adúlteras.

Cabaret. Estados Unidos /Alemania, 1972. Dirigida por Bob Fosse, cuenta un romance «muy amistoso» entre una cabaretera del Berlín prebélico (Liza Minelli) y un norteamericano (Michael York). Una bella historia de amistades solidarias en el mundo de la farándula berlinesa, poco antes de la llegada del nazismo.

El golpe. Estados Unidos, 1973. Dirigida por George Roy Hill, narra las múltiples tretas de dos amigos timadores (Paul Newman y Robert Redford) para dar un gran golpe, y la peculiar unión que se establece al compartir situaciones arriesgadas.

Julia. Estados Unidos, 1977. Dirigida por Fred Zinnemann, es la impresionante historia, llena de sensibilidad y talento, de dos amigas de la infancia. Basada en el relato autobiográfico de Lilian Hellman, *Pentimento*, cuenta las reacciones de la escritora (Jane Fonda) ante la persecución nazi, el atentado y la muerte de su amiga de la infancia, Julia (Vanessa Redgrave). Es la primera aparición cinematográfica de Merryl Streep.

E.T. (El extraterrestre). Estados Unidos, 1982. Dirigida por Steven Spielberg y protagonizada por Dee Wallace y Henry Thomas, es un cuento sobre el aterrizaje de un alienígena lleno de bondad que se hace íntimo amigo de un niño para poder sobrevivir en la Tierra.

Memorias de África. Estados Unidos, 1985. Dirigida por Sydney Pollack, está basada en la novela *Lejos de África* de Isak Dinesen, pseudónimo de la escritora danesa Karen Blixen, personaje que interpreta Merryl Streep. Lo más interesante son las relaciones de la baronesa Blixen con un marido del que se separa (Klaus Maria Brandauer) pero con el que mantiene siempre una fuerte amistad llena de afecto solidario. La acción transcurre en pleno corazón de África, donde aparece un cazador furtivo (Robert Redford) del que la protagonista se enamora locamente. También es significativa su peculiar amistad con los criados africanos.

Mi hermosa lavandería. Reino Unido, 1986. Dirigida por Stephen Frears y protagonizada por Daniel Day-Lewis, Gordon Warrecke y Shirley Anne Field, cuenta la relación de afecto y amistad entre dos jóvenes de distintas razas: un pakistaní homosexual y un británico inicialmente racista y homófobo que colaboran en el mantenimiento de una lavandería en un suburbio londinense.

Las amistades peligrosas. Estados Unidos, 1988. Dirigida por Stephen Frears, narra las intrigas palaciegas en los salones de la Francia prerrevolucionaria. Madame de Tourvel (Glenn Close) pide al conde de Valmont (John Malkovich) que lleve a cabo una venganza personal: seducir a una joven dama de intachable reputación (Michelle Pfeiffer) para después abandonarla. Milos Forman hizo al mismo tiempo otra versión llamada *Valmont* con Uma Thurman y Keanu Reeves.

Eternamente amigas. Estados Unidos, 1988. Dirigida por Garry Marshall, con Bette Midler y Barbara Hershey, es la historia de una amistad que se mantiene a lo largo de los años entre dos mujeres absolutamente distintas de carácter y en su trayectoria.

El cielo protector, Estados Unidos, 1990. Dirigida por Bernardo Bertolucci y protagonizada por Debra Winger y John Malkovich, cuenta la amistad entre una pareja y un tercer amigo que actúa como catalizador de sus relaciones. Se basa en la novela de Paul Bowles, que colaboró en el guión y en el rodaje de la película como narrador de la historia.

Thelma y Louise. Estados Unidos, 1991. Dirigida por Ridley Scott, con Harvey Keitel y Brad Pitt, narra la desenfrenada fuga que emprenden dos amigas (Geena Davis y Susan Sarandon) cuando una de ellas dispara sobre un hombre que agrede a la otra. Inician un viaje sin retorno durante el cual tiene lugar la sublimación de su amistad. Es muy parecida a *Messidor,* la película de Alain Tanner.

Tomates verdes fritos. Estados Unidos, 1991. Dirigida por Jon Avnet y protagonizada por Mary Stuar Masterson y Mary Louis Parker, es un bello relato sobre la amistad entre dos mujeres a lo largo de los años, tal y como lo narra una anciana recluida en un asilo (Jessica Tandy) a una desesperada ama de casa (Kathy Nates) que acude regularmente a visitarla. Los rasgos de lesbianismo sugeridos en la novela original escrita por Fannie Flag fueron suprimidos en la adaptación cinematográfica.

Bibliografía básica

Alberoni, F., *La amistad*, Gedisa, Barcelona, 1988.

Aristóteles, *Ética a Nicómaco*, Gredos, Madrid, 1995.

Bellah, R. N. y otros, *Hábitos del corazón*, Alianza Editorial, Madrid, 1989.

Bruckner, P., *El nuevo desorden amoroso*, Anagrama, Barcelona, 1979.

Carnegie, D., *Cómo ganar amigos*, Edhasa, Barcelona, 1995.

Cicerón, *De Amicitia*, Gredos, Madrid, 1987.

Hite, S., *Mujeres y amor. Nuevo informe Hite*, Plaza y Janés, Barcelona, 1988.

Laín Entralgo, P., *Sobre la amistad*, Espasa Calpe, Madrid, 1986.

Lledó, E., *El epicureísmo*, Taurus, Madrid, 1995.

Marina, J. A., *El laberinto sentimental*, Anagrama, Barcelona, 1996.

Montaigne, M. de, *Ensayos*, Cátedra, Madrid, 1995.
Nietzsche, F., *Humano, demasiado humano,* Edaf, Madrid, 1980.
Pasini, W., *La calidad de los sentimietnos*, Seix Barral, Barcelona, 1994.
Platón, *Lisis o sobre la amistad* (incluido en los *Diálogos*), Aguilar, Madrid, 1993.
Plutarco, *Vidas paralelas,* Gredos, Madrid, 1985 (T. I), 1996 (T. II).
Sáenz Hayes, R., *De la amistad en la vida y en los libros,* Buenos Aires, 1944.
San Agustín, *Confesiones*, Alianza Editorial, Madrid 1994.
Toffler, A., *La tercera ola*, Plaza y Janés, Barcelona, 1992.
Voltaire, *Diccionario filosófico*, Temas de Hoy, Madrid, 1995.